中国当代文学名家精品集

风云西津渡

卞毓方 著

成都地图出版社

图书在版编目（CIP）数据

风云西津渡 / 卞毓方著. -- 成都 : 成都地图出版社有限公司, 2025.1. -- （中国当代文学名家精品集）. ISBN 978-7-5557-2622-7

Ⅰ. I267.4

中国国家版本馆 CIP 数据核字第 2024RZ0100 号

中国当代文学名家精品集：风云西津渡
ZHONGGUO DANGDAI WENXUE MINGJIA JINGPIN JI: FENGYUN XIJINDU

| 著　　者：卞毓方
| 责任编辑：王　颖
| 特约编辑：梁　芳
| 封面设计：李　超

出版发行：成都地图出版社有限公司
地　　址：四川省成都市龙泉驿区建设路 2 号
邮政编码：610100

印　　刷：三河市人民印务有限公司
（如发现印装质量问题，影响阅读，请与印刷厂商联系调换）

| 开　　本：710mm×1000mm　1/16
| 印　　张：13　　　　　　　字　　数：200 千字
| 版　　次：2025 年 1 月第 1 版
| 印　　次：2025 年 1 月第 1 次印刷
| 书　　号：ISBN 978-7-5557-2622-7

定　　价：68.00 元

版权所有，翻印必究

《中国当代文学名家精品集》
编 委 会

主　编　王子君

副主编　沈俊峰　陈　晨

编　委（以姓氏首字母拼音排序）

　　　　　陈长吟　陈　晨　韩小惠　李青松
　　　　　聂虹影　孙　郁　沈俊峰　王必胜
　　　　　王子君　徐　迅　朱　鸿

出版说明

2023年春，教育部等八部门印发《全国青少年学生读书行动实施方案》。随后，122家国家语言文字推广基地共同发出"典耀中华"主题读书行动倡议。一些具有文化情怀的出版社和文化公司，立即响应，策划各种适合青少年阅读的图书，《中国当代文学名家精品集》书系应运而生。

《中国当代文学名家精品集》书系由北京世图文轩文化发展有限公司（下称"世图文轩"）策划，由成都地图出版社出版。我非常荣幸地受邀担任主编。

世图文轩成立于2010年，系北京市内乃至全国较有影响力的图书发行公司之一，曾获得"重合同守信用企业""诚信经营示范单位"等荣誉称号。长期以来，世图文轩和众多出版社就优质图书出版进行合作，获得了合作伙伴的一致好评。在"典耀中华"主题读书行动中，他们敏锐地抓住机遇，迅速策划主要以初、高中生为读者对象的大型书系选题，显现出他们的眼光、魄力与胸怀，以及对于文化市场的拓展理想。我相信，这样一家致力于图书策划、出版的公司，其品牌信誉是毋庸置疑的。

为成长中的青少年读者集中呈现名家优秀作品，是一件虽然困难，却功在当代、利在未来的大好事，我能参与其中，与有荣焉。我必须以一种高度的使命感、责任感以及担当精神来做好这个书系，成就这件大好事。

令人特别感动的是，刚开始组稿时，刘成章、王宗仁、陈慧瑛、韩小蕙、王剑冰、李青松、沈念等老师就对这个书系表现出极大的支持和信任，并在第一时间提供了书稿以示鼓励。很快，几乎所有得知此书系的作家都认为这是在为作家、为"典耀中华"主题读书行动做一件好事、大事。由此，我和我的临时编辑室成员获得了极大的信心，热情也更加高涨，此后连续十个月，我们整个身心都扑在了这件事上。

一个人只要用心做事，人们是会感受到的，也会默默地予以支持。事实上也是如此。随着组稿工作的开展，我们和作家们的沟通日益频繁，我们发现，他们除了都表现出对这个书系的兴趣与认可，对当代散文创作的发展、繁荣的前景，还有一种共同的期待与信心。这对我们无疑是一种更为巨大的鼓舞与动力。

组稿虽然也费了不少周折，但总体上比想象中顺利得多。当然，非常遗憾的是，一部分作者由于手头书稿版权等原因，未能加盟到这个书系。

组稿只是我们工作的一部分，更为具体、更为烦琐的，是审稿事务，它出乎意料的繁重，也占据了我们比预想的多得多的时间和精力。偶尔，我们也有点儿想放弃了，但是，想着这是一件功德无量的事，又兀自笑笑，继续埋头苦干。在这个过程中，感谢师友们对我们工作的配合、理解、支持与信任。

静下心来，切实感受审读、编辑工作的价值和意义。

书系里，名家荟萃，佳作如林。有的，曾代表过一种新的创作范式；有的，曾开启过一种创作方向；有的，对某一题材开掘出更深更独特的思想；有的，有引领某类题材与风格的新面貌；等等。毫不夸张地说，散文多角度多样式的表达，在这个书系里应有尽有，全景式、全方位地呈现出中国散文几十年的创作成果，是当代散文创作的一个缩影。

总体上，无论是题材、创作方法，还是思想容量，此书系都呈现了散文广阔的视野，让我们感受到散文天地的无垠无际。

具体来说，以下几个特点特别明显：

一、作者队伍可谓老中青完美结合。入选作者的年龄跨度最大达半个多世纪，上有鲐背之年的高龄名将，他们文学生命之树长青，宝刀不老，象征着老一辈散文家依然苍翠的文学生命力；最年轻的三十出头，他们雏凤声高，彰显散文创作的新生力量蓬勃兴旺的景象；一大批中壮年作家，是当代散文创作领域里当之无愧的中坚基石，他们的创作正处于繁花似锦的鼎盛时期，实力毕现。

二、题材多元多样，内容丰富多彩。书系中，既有涉及上下五千年历史的洒脱智慧的历史文化散文，又有让人惊艳的初次涉猎的新颖、独特题材。有人写亲情，有人写风景。有些人写自己的童年，让我们看到其成长时代；有些人写一个城市或一条河流的前世今生；有些人写自己对故乡的记忆，从更有新意的视角表现这个时代的巨变；有些人集中了自己几十年的写作精品，让我们看到他们的创作道路上的足迹；有些人专注于一个主题，开掘深挖，独具魅力；有些人关注时代、关注身边的人和事；有些人剖析自己的内心情感……总之，反映中华传统文化、红色文化和当代自然文学精粹的作品，在此书系里比比皆是，或温暖动人，或鼓舞人心。

三、风格百花齐放，个性特点鲜明。几十部作品，有的侧重写实，有的侧重抒情，有的注重开掘思想，有的追求内容唯美，有的描写细致入微，有的叙述天马行空……表现方式千姿百态。但无论哪种风格，无论如何表达，皆个性鲜明，情感饱满，呈现出思想性、艺术性、可读性兼备的特质，读者可以从中获得不同程度的启发，感受到散文的魅力。

四、女性作者跳出了人们对"女性散文"固有的观念。书系中占有一定比例的女性作者，她们的作品虽然仍保留细腻敏感的特色，但大都呈现出大气开阔、通透有力的格局。她们温柔而现代的行文表达，对读者来说有着更为别致的情感体验和人生借鉴意义。

总之，这个书系，将是我们打造阅读品牌的开端。如果你愿意静下心来阅读，你一定会有所收获。

习近平总书记在文艺工作座谈会上讲话时指出："优秀文艺作品反映着一个国家、一个民族的文化创造能力和水平。吸引、引导、启迪人们必须有好的作品，推动中华文化走出去也必须有好的作品。"我们希望，这个书系能成为读者眼里"正能量、有感染力，能够温润心灵、启迪心智，传得开、留得下，为人民群众所喜爱"的"优秀作品"。

在此，特别感谢沈俊峰、陈晨两位搭档的通力协作，我的编辑朋友梁芳、胡玉枝的倾力相助，以及世图文轩、成都地图出版社上上下下推进此书系出版的所有领导与师友的大力支持和耐心细致的工作。他们让我感受到了团队的力量。同时，也特别感谢出版方将我和我的搭档的作品纳入此书系，我们把此举视为对我们的"嘉奖"。

上述文字，不敢称"序"，不敢称"前言"，甚至不敢称"出版说明"，仅表达此书系的缘起和一些组稿、审读的感受，也许过于肤浅，还望广大作者、读者海涵。

《中国当代文学名家精品集》主编

目录

风云西津渡 / 1

碑如长剑青天倚 / 5

百丈楼头 / 10

天机一现 / 13

天有多高 / 17

水调歌头 / 21

瀑之魂 / 25

泉州帆影 / 29

烛影摇红 / 33

黄山天籁 / 37

三峡 / 41

洪湖水，浪打浪 / 45

张家界 / 48

岁月游虹 / 54

南风如水 / 61

世上从此有言体 / 65

煮雪烹茶之忆 / 69

登临骋目 / 74

蹦极在云山梦水 / 76

给我一点黑——普者黑 / 83

天涯海角 / 86

谒乾陵 / 91

山村音乐会 / 93

走过大地湾 / 97

美目的天池 / 105

一只叫加勒比的酒杯 / 112

瀑布声里,有命运在大笑 / 128

听花开的声音 / 134

书斋浮想 / 138

思故乡,在京城 / 143

鸟瞰地球村 / 145

雨染未名湖 / 149

古莲新韵 / 151

金达园纪事 / 154

灼热的夏季 / 156

高楼垂钓 / 162

星明欲坠下的千斤顶 / 168

泉城听涛 / 171

泰山击掌 / 176

日月岛放飞 / 183

烟花三月下溱潼 / 188

管窥李政道 / 193

风云西津渡

西津渡值得一游。

渡为古渡，今已废弃，只剩下缘码头而兴的老街，因此，所谓一游，只是逛街，而非观渡。

初闻西津渡，是在去年9月。一日，偕青年书法家王大文前往301医院，探望正在那儿疗养的季羡林先生。临了，季老慨然书赠大文古诗一首，诗曰："劝君莫惜金缕衣，劝君惜取少年时。花开堪折直须折，莫待无花空折枝。"这是名诗，大文识其意，但莫知出处，笔者晓得是出于《唐诗三百首》，却将作者记成无名氏——也是一说，果为无名，岂不是文坛一大憾事！归家查资料，《唐诗三百首》记为杜秋娘所作。杜秋娘何人？再查，得悉其祖籍润州，即今江苏镇江，唐代才女，善歌《金缕衣》曲。初为镇海节度使李锜之妾，后来李锜叛唐，兵败遭诛，秋娘乃被掳入宫中，作歌舞姬。因其一曲《金缕衣》，深得宪宗赏识，遂被收为妃子。宪宗对秋娘十分宠爱，曾有大臣劝其趁天下太平，多选民间美女充实后宫，宪宗自得地说："朕有一秋妃足矣！"可惜好景不长，宪宗未久驾崩。唐朝至此，已过了鼎盛期，日渐衰微没落。朝廷大政为宦官、权奸把持，接踵而代的穆宗、敬宗，也是旋起旋崩。文宗年间，杜秋娘企图中兴唐室，参与废除宦官、权奸的政变，事泄遭贬，削籍为民，回归老家润州。到了 2004 年，乡人为纪念她，特地雕像勒碑，具体地址，就在西津渡。

今年 10 月 18 日，笔者过访镇江，缘是之故，当晚踏月披星，前往西津渡一游。果然在一座小石山下，方亭侧，池水畔，邂逅杜秋娘的塑像。毫无疑问，乡人缅怀她，不是因为她的地位，而是因为她的才，虽然传世的诗，只有一首《金缕衣》，区区二十八字，但这二十八字，居然担当了《唐诗三百首》的压卷之作，令多少帝王将相、才子佳人掩卷长叹，自愧弗如。正如左侧方亭上那副楹联所撰："唐室无辜遗才女，京江千载念斯人。"凡是温暖文化的大才，老百姓是不会轻易忘记的。

秋娘的塑像背靠的小石山，古名蒜山（因其名，可以想见其形），今名云台山。蒜山本临长江，与东西两侧镇屏、北固、宝盖、五洲诸山衔接，形成岸线稳定的天然港湾。相传三国时，东吴大将周瑜曾在这里驻扎水师，于破山栈道之上兴建渡口码头。蜀主刘备来镇江，正是从蒜山渡，即今西津渡登岸。又据说周瑜曾与诸葛亮在蒜山议事，制订火烧赤壁的计谋，因此，蒜山又名算山。唐人陆龟蒙曾有《算山》一诗咏此："水绕苍山固护来，当时盘踞实雄才。周郎计策清宵定，曹氏楼船白昼灰。"

然而，由于一代又一代的泥沙淤积，江流改道，如今，蒜山已偏离江岸数百米之遥。渡口的功能丧失，老街的魅力犹存。是晚，从杜秋娘的塑像前出发，绕过一条深巷，未几，便来到一处倚山而建的街区。灯月交辉中，脚底是辙痕斑驳的青石板，道旁是飞阁流丹的古民居，头顶是层峦耸翠的山景。若是在白天，且与三俩好友同游，定会挨个地品味那些唐代的渡口客栈、宋代的观音洞、元代的昭关石塔、明代的铁柱宫遗址、清代的英国领事馆，以及救生博物馆、五卅演讲厅，等等。所谓"唐宋元明清，一路看到今"。而街头那个名为"一眼看千年"的景点，隔着一层薄玻璃板，确切无疑地展示出原始栈道及唐宋元明清不同阶段的路面遗存。难怪英籍女作家韩素音说："漫步在这条古朴、典雅的古街道上，仿佛是在一座天然历史博物馆内散步。"

千年胜迹，必有与之相随的千年吟咏。站在街区尽头的半山腰，远眺北方灯火闪烁的江堤，脑海里油然浮现唐人张祜的《题金陵渡》："金陵津渡小山楼，一宿行人自可愁。潮落夜江斜月里，两三星火是瓜洲。"金陵渡是古名，即今西津渡。堪与张祜此诗媲美的，还有宋人王安石的《泊船瓜洲》，诗云："京口瓜洲一水间，钟山只隔数重山。春风又绿江南岸，明月何时照我还。"江之南，流之北，楼之外，舟之中，吟的诵的都是月色迷离的西津渡。月迷津渡，涛声撩拨乡愁。如今我骋目远眺，月色依旧，但涛声不再，毕竟"曾日月之几何，而江山不可复识矣"。俄然想起日本15世纪大艺术家雪舟的《大唐扬子江心金山龙游禅寺之图》，此画现藏于京都国立博物馆，20世纪80年代，我在日本见过。其实，此画的主体正是一处深水良港，只是当时懵懂，没能和西津渡挂起钩。再往上推，13世纪，意大利旅行家马可·波罗也曾由此港口登岸。哦，我们的西津渡还是蛮有国际知名度的哩！

夜深风凉，折回下榻的宾馆。友人送来数册有关镇江的介绍，其中便有《西津渡诗词选》。拿来随便翻翻，273页，160多位作者。我偷懒，只拣名气大的看。孟浩然的"江风白浪起，愁杀渡头人"，又是愁、愁、愁，不喜。许浑以"山雨欲来风满楼"名世，但他的"水接三湘暮，山通五岭春。伤离与怀旧，明日白头人""潮平犹倚棹，月上更登楼。他日沧浪水，渔歌对白头"，仍脱不了愁思一路，让人提不起精神。苏轼豪放，笔下"一笑江山发醉红""我醉而嬉欲仙去""蛱蝶人天身外梦，芙蓉星斗阁中书"，多少有点气势。赵翼的"江山代有才人出，各领风骚数百年"，多么振奋人心啊，咏西津渡却是"白雪满头花满眼，一年两度到扬州",稍可,算得差强人意。倒是无名氏有曲云:"风雨西津渡,江山北固楼,先得海门秋。手掌里金山寺,脚跟下铁瓮州。翻滚滚水东流,一线系三江夏口。"把众多名家都盖过去了。我为无名氏鼓掌。

此文写于 2005 年

碑如长剑青天倚

初次听说阳山碑材，是在江宝全兄家的客厅。他一连说了两次，神色庄重而又虔诚，龚永泉兄也跟着附和，仿佛我至今还没有见过阳山碑材，完全是一桩低级的憾事，一次不应有的疏忽，于是，我的心弦铮地一下被拨响了。只是，当场也发生了一点美丽的误会：因为毕竟是初次听说，不知"阳山碑材"四个字怎么写，加上二位略带南京口音，所以一个愣怔，错把"碑材"听成了"别才"。心想：严羽主张"诗有别才"，强调作家的灵感常常得之于书本之外，两位仁兄都是文章高手，他们推荐的阳山别才，莫不是阳山的某位钦琦磊落之士，《儒林外史》中画没骨花卉的王冕一类的高人？后来——待到因缘聚合，宾主偕游，已是五个月之后——到了阳山才闹明白，所谓碑材，指的是三块庞然而蹲、巍然而耸的巨石。

瞬间的冲击，就是大。碑材按其功能造型，分为碑座、碑身、碑首，峨峨散落在阳山西麓，一眼看去，每一块都似高岩巨崿，崭然突起。你读过《西游记》，记得那块孕育石猴的仙石吗：它高三丈六尺五寸，围圆二丈四尺，庞庞然大物也！但若搬到这儿，和最小的碑首摆到一起，高仅稍许出头，而围圆不足其八分之一！你读过《红楼梦》，应该对女娲氏补天用剩的那块顽石留有印象：它高十二丈，见方二十四丈，巍巍乎高哉，磐磐然巨哉！这几乎是上古人类想象的极限。但比较起眼前，粗仍不及碑座，高亦赶不上碑身，绝对相形见绌！我估了估，如果把三块碑石垒起来，不亚于一幢20层高的魁伟大厦。说到重量，更是令人吃惊：建造埃及金字塔的巨型石块，数千年来一直为世人叹为奇迹，然而，它们平均才重25吨，最大的也不过50吨，阳山碑材呢，说出来吓你一跳，最轻的碑首已在6000吨开外，最重的碑座，更重达16000多吨！嗨，如此峭拔凝立，硕大无朋，倘若不加说明，谁会想到它们竟是配套成龙的碑材？而一旦明白底细，接踵而来的疑问必然是：当初开山凿碑的工匠，该如何把它们运出深山呢？退一步讲，就算他们有本事把巨石运走，又怎样才能把它们垒在一起，合成一座完整的碑呢？

宝全兄没有直接回答，他站在一旁自言自语："了不得，了不得！当初策划出这方案的，一定是大手笔。而采纳、批准这一方案的，也一定是大手笔。"他是独步江宁的企业家，也是笔惊风雨的文人，所以接纳万象，点评大千，总是离不开"方案""手笔"。

我赞同他的说法。其实人间一切伟大的工程，从金字塔到狮身人面像，从万里长城到兵马俑，首先在于创意，然后在于实施。当然，具体到阳山碑材，还必须加上一条发现。据导游介绍，南京一带的地貌属沉积岩，其原始状态，就像一摞一摞的云片糕，尔后经过地壳长期的摩擦挤压，莫不分崩离析，支离破碎，唯有阳山，因为处于一个盆状向斜的中心点，四周的压力奔涌到这里，彼此颉颃，相互抵消，岩层反而得以保存完好；再加上其他一些得天独厚的因素，才诞生了碑坯这样巨大而完整的石料。那么，又是谁发现这地心秘密的呢？一说是六朝时期的古人，一说是明太祖朱元璋的军师刘基。两种可能都存在，但不论是谁，他们都不是巨碑的创意者，提出在阳山凿石雕碑的，应该是，也只能是明成祖朱棣的朝臣，而拍板实施这一方案的，自然非朱棣本人莫属。

朱棣是谁？他是朱元璋的第四子。朱元璋建都南京，死后，传位于孙子朱允炆。燕王朱棣不服，起兵攻进南京，夺取政权。虽然这只是他们朱家的"内务"，但不管怎么说，朱棣执政，给人的感觉总像是抢来的。为了证明自己皇位的正统性、合法性，他就要"抓纲举旗"，以正视听。朱棣举起的旗帜之一，就是在阳山开采巨幅石材，为父皇朱元璋在孝陵修建撑天拄地的"神功圣德碑"。

朱棣此举，可算是前无古人，后无来者，联想到他同时主持编纂《永乐大典》，派遣郑和出使西洋、走向世界，迁都北京等，作为帝王，他确实具有大魄力大气象。皇帝一声令下，官员火速驱使万名工匠上阵，限时限速，凡完不成日定工作量的，一律砍头。附近现存坟头村，相传就是当年掩埋惨死工匠的地方。伟大和悲惨，常常呈一枚硬币的两面。金字塔和狮身人面像，年湮代远，我们说不清楚，万里长城和兵马俑，哪一项不是血流成河，尸积如山！

然而，一年半之后，工程忽然中途下马，不了了之。三块初具雏形的碑石，就这样欲立犹仆，弃于蒿莱。这是怎么一回事呢？有人说，朱棣夺取帝位后迁都北京，已把建碑孝陵的事忘得一干二净。这种说法不准确，朱棣从作出迁都决议到正式异地办公，其间有十几年的时间，并非是说搬就搬。再说，这么大的动作，哪能说忘就忘呢！依我看，问题还是出在无法运输。碑石开凿不久，朱棣曾派翰林院编修胡广等前往视察，归来写报告，说"仰见碑石，穹然城立"。朱棣是走南闯北的老江湖，他应该懂得这城墙般的大石是什么概念，当初虽然头脑发热，拍板上马，过了一段时日，自然会慢慢冷静、反省，于是传旨停工，低调处理。朱棣之后三百多年，随园老人袁枚为此案作了结论。袁枚推断："碑如长剑青天倚，十万骆驼拉不起"，并由此引发感叹："材大出来世莫收，此碑千载空悠悠"。也有人说，朱棣是何等聪明的人物，他一开始就洞彻结局，明知不可为而偏偏要上马，只不过是借题发挥，大造声势，表演给天下人看罢了，用现在的流行术语来讲，就是作秀。

此说也有道理，朱棣上台，需要制造轰动效应，吸引眼球，也无妨留些狂歌和悲壮，让后人细细咀嚼寻味，这是他的策略，也是他的特权。

一行人围着碑石爬高就低，评头品足。是日天阴，林寒涧肃，岚气袭衣。谈到如此旷古罕见的大材终不能物尽其用，埋没荒废，大伙儿不免有些唏嘘抱屈。永泉兄默默徘徊，沉思有顷，忽然，他伸出两指敲敲碑石——奇怪，我的耳神经分明捕捉到金属的脆响——我以为他要发表看法了，赶紧趋前一步，洗耳恭听。永泉兄什么也没有说，却转过身来反问我的"高见"。我么，心里想的是："这样也好。碑嘛，其实已经立起来了。拉到孝陵，是为朱元璋一人守墓。留在这儿，则是为天地山河纪胜。"脱口而出的却是："朱棣撂下不用的，我想把它们运走，你说怎么样？"

这当然是一句灵机突发的笑谈。

是晚，乘66次特快返京。躺在软卧车厢，耳边听得一阵阵凌厉的呼啸，我以为那是火车带动的风吼，没怎么放在心上。谁知啸声随着车轮铿铿的节奏，越来越顽强，越高亢。感觉有异，连忙侧过头，掀起窗帘一角，啊，在不远处的地平线上空，三颗流星，三束璀璨的白光，正沿了和列车平行的方向，疾速飞驶。我恍然醒悟，这不是流星，它们就是我白天见过的阳山碑材！

朦朦胧胧中，我听见它们在说——是的，就是它们在说——我们本是大山的一部分，石族中最幸运也是最优良的一脉。奈何生不逢辰，往前没能赶上宇宙剖分，银河奠基，往后又错过了女娲补天，灵猴托胎。如是亿万斯年，直到朱明王朝，才有幸入了成祖朱棣的法眼。满以为从此脱胎换骨，显赫于世，哪知工程半途而废，嗐，就像你上午看到的那样，我们被撒手扔于荒野，既回归不了母体，又得不到任何保护。将近六百年来，任风吹、任雨淋、任牧童敲打、雀鸟讪笑、时光剥蚀。这其间当然也不乏有善解人意,不,善解石意的游客光临,他们大多缘于好奇,止于凭吊,匆匆而来,又匆匆而去,并不能真正深入我们的肺腑,体察我们的苦衷。今天总算碰到你。不是曲意恭维,你是一个特例,不仅充分肯定我们的客观存在——你的见解虽然没有明确说出,但我们通过你的唇语,已完全读懂;而且着眼长远,打算把我们运出深山,带去未知的世界。不瞒你说,你这句话恰恰点破了我们的心思。苍鹰向往风云,浪花向往海洋,自打工匠把我们同母体分离,雕凿成形,我们渴望的,就是怎样走出深山,去为一切大英雄大豪杰立碑勒铭。渺渺尘寰,滔滔流年,游人如织,而知音不可多遇,所以我们哥儿一商量,得,干脆跟你一道上路。

仍旧是迷迷糊糊,似梦非梦。我笑了,笑得极为开心,为自己的灵机突发,也为碑材的当机立断。不过,笑过之后隐隐又有点儿担心:你想,这样一座嶙嶙崿崿的巨碑,我要把它们竖在哪儿,才不致辜负造物的重托?

百丈楼头

上海环球金融中心大厦，492米，地上101层。仰了脖颈看，高耸入云端——不是夸张，是真正的云缠雾绕，若隐若现。兴冲冲购票而上，抵达100层，步入观景长廊，顿时傻了眼，玻璃长窗外一色溟溟，能见度近于零。

大失所望。

"这种情况，你们事先应该告知的啊！"我埋怨导游。

导游把手一摊："您在底下就看到楼顶有雾的啊，是您坚持要上来。"

说的也是，要怪，只能怪自己。冷静下来，想，高树多悲风，高山多岚烟，本是自然常态，你想登高，你就不能拒绝云雾。

既来之，则安之，索性与雾交个朋友。你看，雾并非不可玩不可亲，有道是："睇有始疑空，瞻空复如有。"（南北朝沈趋）"雾是醒山酒，雾重山如醉。登高气不清，万象争规避。"（明朝袁宏道）"对面人千里，终朝天五更。前程原似梦，何必太分明。"（清朝袁枚）哈哈，雾道诡谲，上接高天，下垂厚地，渺乎苍茫，变幻莫测。

分明有一种自然力在与它暗中较劲，那是风。还有阳光，光的金瀑从天穹狂泻而至，雾不得不使出全身解数阻挡。"黄帝云旗三十万，不曾消雾有蚩尤"（明朝陈子龙）咏的就是这种鏖战。

赏雾既罢，下到97层，这是一座观光厅，兼容购物、休憩、娱乐。坐在沙发上给市内的一位学者打电话，他说你好雅兴，登高正好望远啊。我说望啥远，眼前是弥天大雾。他说不对啊，今朝天晴，光线蛮好。我说你那楼房矮，你到这儿来看看——猛抬头，忽然愣住。"你怎么不讲话？"对方问。我说情况有了变化，外面雾变稀变薄，可以看清景物了。

站到南窗前，右侧浮现出黄浦江，影影绰绰，朦朦胧胧；江西岸，依旧雾失楼台，隔水人家恰似无；江东岸，雾散烟敛，袒露出一座又一座红顶蓝顶的房舍，一条又一条纵横交叉的道路。

视线为一片高档社区吸引，不，是群楼中一座带泳池的花园，池水叫阳光一激，夺目而又摄神——我怎么看，它都像是建在屋顶。

同伴和我打赌，说肯定是建在地面。

他是凭常识，我是凭感觉。

谁也说服不了谁。

重新登上100层。从上面往下看，高度改变，角度也随之改变，我承认，同伴赢了，的确是建在地面，并非空中花园。

转到朝北的一侧，雾通日出，俯视金茂大厦、东方明珠塔，这是沪上数一数二的高度，想当日拔地而起，气凌霄汉，何等巍峨壮观，如今和环球金融中心大厦一比，竟是小巫见大巫，相形见绌，黯然失色。

游客们争着看江上游轮，看天际楼群，看地平线，像在飞机起飞、降落过程中常见的那样，大地成扇面形向天际斜插而上，距离越远，视点越高，这个事实，足以证明地球是圆的。

阳光也带来了视觉的困扰，缘于太热烈、太耀眼，蒸得远处的城区腾起一片晴霭——光之雾。

"还是夜晚的景色最好看。"同伴说。

我深表赞同，美在对比强烈，夜幕成了灯火的绝佳衬托。

但是我不会等到那一刻,午后还有长途要赶。告别之前,我贪婪地看了一眼,然后迅速闭上双目,仿佛摄影师按下快门,在心头留下一幅广角胜景。

睁开眼,依旧有点儿恋恋不舍。于是把目光收拢,专注于脚下一点:马路上的行人。

看见了,看清了,一个、两个、三个……蠕蠕而行,似岩石隙缝中的蚂蚁。

设想伟人经过,自此下视,形象也不外如是。

反之,若行人抬起头来,打量我等游客——假设他们能穿窗越户而见——想必也是爬在高台上的蚂蚁吧,彼此虽然高下有别,本质上却是一样的啊。

天机一现

一

泉城小憩，楼临大明湖，湖对岸，亭阁流丹，峰峦叠秀。

好山好水诱眼，奈何无暇欣赏，为了赶稿（总是赶稿），断然拉上窗帷。

傍晚搁笔，拉开窗帷，顿时惊呆了。但见万道霞光，穿云裂霭而下，直插一座椭圆的山梁，倒影顺势入湖，随长波而潋滟，乍看，恰像二龙戏珠，转瞬，又联想到金蛇狂舞。

这不正是宇宙的即兴创作吗，是它向芸芸众生展示的神来之笔！一个激灵，我赶紧重新拉上窗帷，坐回书案，为的是，为的是把上天的垂象迅速提炼成文字的珠玑。

二

自打高铁问世，它就成了我出行的首选：一、享受风驰电掣的快感；二、视野开阔，思绪飞扬，方便构思或修改文稿。

此番赴常州，照例一笔在手，埋头写写画画。

思绪屡屡被邻座打断，他在打电话，向什么人诉苦，嗓门粗大，中气十足，还带着一点金属的刺耳颤音，闹得你不想听也得听。以为忍一忍就会过去，谁知竟是曹操 80 万大军过独木桥——没完没了。我只好暂时放弃思考，姑妄听之。

大致听明白了，他是一位画家，最近遭了窃，画室除了一桌、一椅、一灯，其他如字画、古玩、电器、书籍，乃至坛坛罐罐、零零碎碎，统统被席卷而去，害得他如今只能在一个空荡荡的大屋子里作画。

"一桌、一椅、一灯""空荡荡的大屋子"，我没听错吧，难道，莫非，这是上帝借窃贼的手特意作下的安排？你想呀，对于一个画家来说，从此独守净室，目无所障，心无所碍，魂无所羁，廓然如归太古，岂不是得大空阔、大自在！成语有谓"塞翁失马，焉知非福"，搁在这儿是再合适不过。等等，又是难道，莫非——这是上帝在借邻座的口向我传授天机？是啊，长久以来，我一直为书斋之拥挤所苦，为杂物之无措所累，何不干脆来个大清理呢？我当即决定，回京后就把书斋腾空，只留下一桌、一椅、一灯，以及一台小得不能再小的笔记本电脑……

邻座的噪音霎时转为仙乐，我向他报以旁人难以理解的微笑。

三

无锡，观韩启东作书。但见他捉笔，饱蘸浓墨，复把笔尖插入水盂，作蜻蜓点水，再提起来，在砚台上空垂一垂，滴去几滴洋溢的墨汁，然后疾速落纸，一径写去，中间不再舔墨，写到后来，笔枯毫散，水分尽失。在我，早就写不下去了，他还是继续驰骋，凭手腕的力道和娴熟的使转，在纸上硬擦出一束束形枯神不枯的心灵火花。

又观韩启东作画。这次，他在砚台边搁了一张废纸，蘸好墨，先把笔尖在废纸上皴一皴，控制其浓淡，或者使劲摁一摁，把顶端的毫毛打散。

俄而想到作文（总是不由自主地想），自小学唐宋八大家，讲究文中有诗，诗中有画，讲究笔笔中锋，神完气足。可是，苍天作证，从来没有人教过我如何在写作中用枯笔，用侧毫，用散锋，用飞白……今日观韩君书画，得以触类旁通，茅塞顿开矣。

四

在太湖边看一老翁垂钓。奇怪，他长长的钓线尽头竟然没有钩，也没有饵。传说商朝末年姜子牙钓于渭水，用的是无饵直钩，且高悬水面三尺以上，图的是"愿者上钩"。此翁图的是什么呢？

但见他远远地抛出，安静地守候，见浮标有异，便悠悠然甩起，当然是啥也没有，他也不在乎收获有无，总是手舞足蹈，忘乎所以。如此这般，周而复始，宛若"目送归鸿，手挥五弦。俯仰自得，游心太玄"。

是大鱼将钩吞去，而他一直没有发觉？

或许发觉了，但他没有备用的鱼钩，又不想早早打道回府，干脆就用这种无聊而有味的方式排遣寂寞？

说不定这湖心埋藏有他曾经失落的爱恨情仇？

也许他压根儿就不为垂钓，"世人那得识深意，此翁取适非取鱼"。唐代诗人岑参早就观察过他那个时代的钓者。那么，眼前这位老者取的是什么呢？一种我所不知的地方性祭祀？一种因垂纶而获得灵感的气功？（类似于华佗创制的五禽戏）一种独门武术？甚或是一种张贤亮式的寻梦："只钓苍龙不钓鱼"？

谁知道呢……

猜不着底细的谜是心智的磨刀石，我索性抛开手中的书本（王蒙大作《庄子的奔腾》），沉迷在漫无边际的揣度里。

将午，游人陆续离去，怡静的宋元山水似的湖岸，只剩下一个他，只剩下一个我。

他，旁若无天地，垂钓如钓在。

我，反复从哲学，从文学，从美学的角度、高度，解读无钩而胜似有钩的他。

——哈哈！说破了的，就是散文；留着悬念，牵着观者的视线往前走，就是小说；而介乎两者之间，既像说破，又等于什么也没有说的，譬如"他钓的是一湖春水"，这便是诗。

天有多高

广播抱歉地通知，因为杭州方向天气状况欠佳，航班晚点起飞。我于是再次走进机场的书铺，买下方才还在犹豫不决的一部长篇——项小米的《英雄无语》。近来连续读了王安忆的《长恨歌》、阿来的《尘埃落定》以及李佩甫的《羊的门》，窃以为了解了小说家编造故事、塑造人物的玄机，颇开茅塞。

交完款，还来不及开发票，广播又通知去杭州的旅客现在开始登机。前后两个通知，相差不超过5分钟，似乎这短暂的晚点，纯粹就为了让我买下这本书，也许这就叫天意。

北京时间8点50分，1509航班昂首起飞。舷窗外阳光灿烂，凭窗俯瞰，大地如倾斜的七巧板，还略略带点旋转的味道，车辆、行道树、房屋，大小一如儿童玩的积木。随着飞机升高，机翼下方漾起涡状的烟霭，地面变得隐隐约约，朦朦胧胧。唯三五处红光灼灼的房顶，依然醒目地点缀在大野。难怪红色被用于警示标志。而河流、道路，一眼望去，九曲十八弯。人在地面，是很难吃透这么多弯弯拐拐的，人们只能见识局部的直，或弯，写出"江流曲似九回肠"的那位古代诗家，他的立足点之高，令人击节兴叹。

飞机打了一个弯，潜意识里，也就是一个弯，眼底惊现大片沙漠。铺天盖地的黄沙，原来离京城这么近，这么近！莫可奈何地闭上双眼，恍然咀嚼什么叫"惨不忍睹"。

半天才睁开眼，远眺，依稀感觉大地呈隆起状的椭圆。地表黄绿斑驳，天作澄蓝，天地交界处，曳起一条褐中透灰的光带。设想中的地平线，混混沌沌的总也看不清楚。要能看清多好，划分两种事物，人们已习惯于一条截然的分界。正愣神间，自起飞以来，一直耀武扬威的马达，突然声音变细，细得令人惴惴不安，仿佛有什么阴谋即将发生。还好，片刻的紧张过后，马达声复趋于高亢，显示飞机的心脏健康无恙，这才长呼了一口气。抬头，客舱的录像机正在播放一部关于热带海洋生物的记录片。在空中欣赏海底世界，任谁也会倍感逍遥。空姐送来早餐，几块简单的糕点，外加一杯咖啡。再次抬头，航线已插进山区。下视，不见嶙峋，不见峥嵘，不见昂藏或嵯峨，唯见一幅巨型的蚀刻，一海诡谲的珊瑚礁，也可想象为一块庞大的电子集成线路板。山，天生是需要仰视的。古人所有关于巨石家族的形容，都是在平地上的推敲。而在云端俯视，是今人的发明，也是对山神的大不恭。

俯视，也可理解为散文的视角，一览众山小，大写意。而平视、仰视，更多用于小说，小说需要刻画细节。

咦，我为什么不写小说？至少，也应把小说家谋篇布局的机杼引进散文。

王安忆的小说就借鉴了散文的白描。她的《长恨歌》，很有点儿像长篇散文的连缀。《尘埃落定》和《羊的门》则更多小说味，着重情节铺排，一环套一环，迫着你往下看。太吸引人了也并非一味就好，故事情节属一次性消费，读完掩卷，万绪归宗，容易让人一览无遗，心头升起"不过如此"之喟。《羊的门》书名也略显费解，一本描写黄河流域众生的"地方志"，似乎没有必要引西方人的教喻作理解的通道。

眼皮底下亮起一道道银线，我以为是山脊。哦，哪里，那是山路。左兜、右转，盘绕如银蛇，简洁而富于神韵。书道有"惊蛇入草"，乐曲有"金蛇狂舞",可惜都不及从云霄俯察山径来得空灵。而一入平原,烟呀雾的又忙不迭跑出来干扰视线。田野被模糊,村落被隐形,其他的林木、河流,也一律浑茫缥缈,若有若无。当房屋——人所栖居的最大空间,仅仅化作想象中的一小点,此时此刻,人又是什么?直白说,什么也不是,连"点"的资格也不具备。突发联想:居高位者,犹如乘飞机纵览山河,做小吏的,好似站在房顶巡视属地。领袖的眼里,通常是没有具体的"人"的,有的只是"一群""一种""一类"的概念。伟人谈笑间体现出的"心细如发",其实是对高山上一株参天大树的关爱。

想起生平第一次乘飞机,是1981年10月,目的地为东京。犹记出发之际,满心想美美看一番东海。关于海国的瑰丽,事先已攒聚了若干挠心的描绘。谁知整个航程,云里穿,雾里往,机翼下方,始终一派氤氲。"一片汪洋皆不见",不,是"一片迷茫皆不见"。

机身陡然颤动,是气流在暗中作法。窗外,又见云遮雾涌。云,总是惹人浮想,远远幻化不定的那一簇,我认定它像毕加索。不是梵高,不是贝多芬,不是巴尔扎克,只能是毕加索。这有什么道理吗?没有。我认定它像毕加索,它就像毕加索。啊,你这艺术的匪徒,创造的疯魔,探索的精灵,多少日搅得我神魂不宁。而更远处冲霄而上的那一簇呢,看上去,活似……活似什么?什么也不似。此刻,除了毕加索,其他的我都懒得想。

须臾,飞机穿出云层,再低头浏览大地,中间隔了一层乳白的云纱,若隐若现,亦幻亦真,这就愈加令人向往。凡神秘,都是要几分遮掩的,完全的曝光,就要承受丧失魅力的风险,所以钱锺书先生在《谈艺录》中披露:"美人不愿揭示真容。"

10点整,赫然瞥见一条暗绿的长河,惊叹号般,缀在了大平原的衣襟。不用说,这一定是长江。

天空越发变得开朗。一注纯蓝,向着遥远的天边,划了一个优雅的弧度，先深浓次浅淡，最后过渡到薄明。薄明的下方，跃起千丈长鲸似的一抹，色泽鸦青透紫，浓酽酽的，仿佛就由它剖分了天地乾坤。由机翼而至远方，飘浮着成群结队的伞状云，名副其实的浮，没有任何根基，任何凭靠，瞬间，让人想起浮生。大千世界，芸芸众生，前人就是这样，一朵朵，飘然而逝，后人仍是这样，一朵朵，飘然而来，彼此永远保持着距离，距离就是不可逾越的岁月。

于是翻开登机前买得的《英雄无语》。作者是项南的女儿，而故事的原型，无疑是项南的父母，也就是作者的爷爷和奶奶。在机场书铺站阅的那一会儿工夫，我大致闹清了全书的梗概。这不会错，因为项南曾用三天时间，和我谈他的父母。项南是要我为他们立传吗？未必。他只是说，这些都是你的营养。而现在，作者把它写成了小说，我为她高兴。我也为我永远敬重的项公高兴。

忽然又想到美国阔佬蒂托，他花了整舱整舱的金子，乘俄罗斯的航天器到太空一游。甭管咋说，这钱花得值。没去过太空，你是很难获得浑圆博大而又清明实在的宇宙观的。我要是有座金山，首先就把它卖了打造航天器。我有金山吗？没有。因此，我只能眼巴巴地看别人航天，然后在思维的屏幕上，凭借心灵的翅膀宇航。有这一手也不赖。那些被带上飞机的蚂蚁，不是依然看不到美丽的大地吗？

10点20分，飞机开始下降，波音大鸟又一翅剪入云海。顷刻间乾坤变色，天地玄黄。窗外似有群魔乱舞，迫得机身作急速的抖动。我急忙抓紧座椅的扶手，在听之任之的无奈中，体会耳膜的刺痛、手心的沁汗，既然你没有双翼，那么只能把命运托付给无生命的机械。短短的几分钟，犹如过了几个世纪。俄而恶云败退，清澄再次回归人寰。俯看下界，青山盘盘，绿水闪闪，道路如带，房屋如棋。奇怪的是，高楼大厦，似乎一律在向一边倾身，仿佛冥冥中有一只巨手，依照不可遏制的惯性，把它们像掷飞镖似的，斜插入大地。

水调歌头

一株乌桕树，在路旁浅斟《浣溪沙》，又一株银杏树，在路旁曼吟《临江仙》，为浸润根须、渗透枝叶的楠溪江。你说，四野无风，叶片都静止不动，怎么判断树在浅斟曼吟？你呀，你的耳膜钝化了，被红尘的喧嚣磨出了铜钱厚的老茧，你已听不见植物的歌吟。那么，按你说的，你就判断吧。你看，这沿路的树木，主干都向一侧倾斜，最青春的枝条，最妩媚的绿叶，也都向一侧伸展，就像一个华发纷披的少女，踮起足尖，伸长脖颈，向着田野那头的情郎，使劲挥动手中的花手绢。而田野的尽头，你马上就会看到，正奔流着的清莹秀澈的楠溪江。

浪花在用一首《渔家傲》应和。这你一准听见了。可你听得见时间的流水吗？从5000年前的新石器时代一路流过来，从《诗经》"江之永矣"、《尚书》"嘉乃丕绩"的咏叹声里一路流过来。楠溪江流经浙东南的永嘉。永嘉的首任太守，为晋朝的大学者郭璞。继任太守中，最著名的，要数南朝的诗人谢灵运。谢公揽胜楠溪，"清旦索幽异，放舟越坰郊"，"罗列河山共锦绣，浮沉沧海同行舟"，留下了多少甘醇清越的绝唱。难怪今人要在楠溪江大桥头，树立他的石像。这可不是树着玩的。这条楠溪江，扩而远之，这一片永嘉山水，经过1500多年谢诗的熏陶，已经蔚为一方祥瑞。风打这儿刮过，都要吸一口清香。云打这儿飘过，都要抖一个机灵。我们不搞个人崇拜，但永嘉山水处处都有谢灵运的气息和韵律，却是想抹杀也抹杀不了的。宋人苏轼就曾代表我们立论："自言长官如灵运，能使江山似永嘉。"据记载，永嘉一地，从唐朝至清朝，光进士，就出过700余名。这当然不能全算在谢灵运的账上，但至少与他开启的文运有关。怎么样？这下你服气了吧。你千里万里、千山万水来到楠溪，何不鼓胀肺叶如鼓动风箱，海吸它一阵天地间的灵气。

水底的卵石在淙淙弹奏。四天前在安仁元代古窑址，我珍重地捡起一片片残瓷碎瓦，只因它们吸纳了700多年的岁月。而这里随便捡起一枚卵石，绝对比古窑家族更要古老百倍千倍。你且托一枚在掌心，听一听卵石的肺腑之言。它说，它难得这么亲近地对一位作家诉说：世人但知吾辈圆滑，嘲笑我们没棱角，没气节，这是对我们石格的极大污蔑。不信，就从你们人类的朝代算起，从夏朝一直算到今天，一粒石子，在流水的无情冲刷下，究竟消磨了几分？而你们讲人格的人哪，又有谁的骨头，敢与我们比坚！况且，要是没有我们舍身铺作河床，这一江流水，能如此清澈澄明？这水底的溪鲤，能出落成远近闻名的"香鱼"？这一路上的长潭短潭，又岂能蓄养大腹便便、雍容高贵的巨鼋？！

竹筏在水面轻轻荡漾。我乘坐的筏，共由13根毛竹扎成。筏的头部上翘，令人想起天鹅的昂首。居中摆着三张坐椅，殿后则是一对躺椅。老大（撑筏人）站在筏头，长篙一撑，竹筏便悠哉游哉地向前滑行。"小小竹排江中游，巍巍青山两岸走。"多熟悉的歌声，多亲切的往事。我么，漂流过武夷山的九曲溪，漂流过湘西的酉水，也漂流过丽水城外的瓯江，当日乐山乐水，但从未仔细留神过竹篙，今日偶然一瞥，但见：笔直的竹篙一插入江水，水下的部分立刻弯曲，丈八长枪扭成了丈八蛇矛。啊，流水不腐，流水还能使万物变形。想起那日在青田石门，观赏位于瀑布下方深潭里的红鲤，其形其状，若急速抖动的红绫，倏往倏来，头尾皆不可辨。有些工笔画家腕底的游鱼，一须一鳞，都交代得清清楚楚。那使人疑心：他画的是死水。万物入水成幻，而万物一入时间之水呢？学者研究历史，须知那是被时间发酵了的掌故。记者捕捉新闻，莫忘了那也是经时间——哪怕只是一刹那——掺和了的现实。比方说，我手头正在写陈独秀，不管我怎么努力，我知道，我的陈独秀，也不会回归时间的隧道，他只能是，肯定是，光阴老人和我共同执笔的产物。

寂静在按着无声的节拍。寂静也能按拍？不，是鸟儿在打拍。"鸟鸣山更幽"，古人早有立意。一路漂去，水道两侧是白石磊磊的河滩，滩边笻杨，垂柳、杨柳屏风的背后为绿畴，为青山，而江上吟清风，舞蛱蝶，漾烟霭……唯独缺少人烟。除了先前在码头附近所见的浣衣女，以及戏水的村童，整个航程，就只剩下了我们，一帮远道而来的游客。这就好。这就清净。人烟，尤其是人所标榜的现代文明，是风景的大敌。这道理，古人也早明白。老话说"煞风景"，也叫"杀风景"，无论是"煞"，还是"杀"，都是人为的造孽。而奇山异水，是要由寂静滋养的，灵秀出于本真，出于自然。这就如同写文章，"一语天然万古新""清水出芙蓉"的妙品，必然要去浮华，去雕饰，去烟火。

一面绣有"瓯江文学大漂流"的队旗，在打头的那艘竹筏上猎猎欢舞。由浙江省作协和浙江日报报业集团牵头的这次活动，严格说来，是从龙泉市凤阳山的瓯江之源出发，经云和，穿丽水，过青田，然后一路采风到楠溪。凡被称为源头的，自然有一泓活水，从山的高处汩汩流下。遇到断崖，则扑跌为悬泉；水流愈涌，落差愈大，则飞扬为瀑布。而瓯江之源启迪我，所谓源，并非只是孤零零的一潭水。尽管山脚下出大太阳，山顶却是云笼雾锁，氤氲迷离。四顾，水气雨意，从每缕云丝飘洒，从每道石缝渗漱，从每片绿叶滑落。宇宙造物，先是有一个大环境，然后才有小环境。而每一个小环境，又共同反馈于大环境。幼时读《千字文》，有"金生丽水"之句。这"金"，是否寓指此地的龙泉剑呢？龙泉自古以铸剑名世，而铸剑要用水来淬火，宝剑一挥山河开，是龙吟,还是水龙吟?

一滴水,只有从最高峰处跃下,才能化为源。

而无量数的涓滴之水共同作用,就能水滴石穿,水到渠成,水涨船高。

是日,我乘坐的竹筏,在最后一刻离岸。同乘者,有杭州沈虎根、富阳杨承尧、湖州陈云琴。老大是一位 40 来岁的壮汉,长身,黑脸,套一件红背心,往筏首一戳,形象十分醒目。他的大名叫李修平,这是他用红漆漆在了椅背的。众筏友一起给老大鼓劲。老大兴起,长篙一点,筏驶如箭,激起哗哗的水响,转瞬就超过了一艘。眨眨眼又超过了一艘。承尧给老大敬烟,老大接过夹在左耳,也不吸。再敬,改夹右耳,仍不吸。承尧不过意,索性给他点着了,老大这才擦把汗,接过叼在唇边。我看到他的每一根汗毛都在闪闪发亮,我听到他的每一处骨节都在嘎嘎作响。我望着虎虎生威的老大,隐隐感到有一对虎翼在我腋下,不,在竹筏两侧扇动。放眼驶在前面的兄弟竹筏,说话间就让我们一一赶上了,然后又超过了。此情此势,急得"石头城下的才子"储福金,以及"马背上的文豪"江浩等一干好汉嗷嗷直叫。叫顶啥用?本筏的老大,当之无愧地成了整条江的老大。移篙换景,乘风破浪。他用一己之力改变了整条江的秩序,也为我们的血管添注了新的元素。于是乎,在筏上同仁大呼小叫的庆贺声中,本筏率先抵达终点。落在后面的诗人柯平事后辩解,说:"你们撑得那么快,在江上享受的时间可没有我们长。"我朝他笑笑,答:"老弟,我们是宁取速度。"有身后的楠溪江作证,当速度被注进了意志,糅进了向往,它的本身,就是一阕迷人的《水调歌头》。

瀑 之 魂

那天午前，行走在浙南的某处溪谷，一路上清风开怀，绿水洗心，繁花润眼，加以苍崖翠壁，怪石幽泉，蝶舞蜂喧，款款撩人诗兴。走着，走着，我不由停下脚步，提议说："就在这儿观赏吧。"主人接话："你累了吗？累了就歇息歇息，待会儿再走，景点在前面。"无奈，只得继续前行。半晌，转过一个山嘴，山腰里敞开数亩梯田，点缀两三农舍，檐前竹影摇曳，鸡鸣犬吠，岚光氤氲，一派隔世的光景。我又留连不走，说："莫如就在这儿待到傍晚。"主人摇头，撺掇道："行百里者半九十，你已经走了九十九了，还不干脆走到底！"我转而问他："前边到底有什么好看？""到了自然明白。"主人露出满脸的神秘。

终于走近，原来是一挂瀑布。

说起这挂瀑布，其实极为寻常，既无附近雁荡山大龙湫那种悬泉百丈、玉龙垂饮之势，更无贵州黄果树那种虎啸狮吼、山崩地裂之威。你瞧，迎面这堵山崖，高仅十来米，有水流从崖顶的缺口扑跌而下，泻成一匹厚薄不匀的白练，末了注入山脚的浅潭，溅起七零八落的水花。除此而外，稍微能吸引游人眼球的，就只有潭心生长的一株蟠槭和从潭口漫出的一条曲溪，溪底山色斑驳，碎石狼藉，如是而已，如是而已。

我不忍拂主人的一番美意，遂在潭边择了一块大石，坐了下来。

老实说，我对眼前的景致不感兴趣，与其说是在观赏，莫如说是在想象。我一边和主人有一搭没一搭地聊天，一边在努力搜索古人关于瀑布的描绘。最先浮上心头的，自然是李白的神来之笔了："飞流直下三千尺，疑是银河落九天"；随后在脑际闪烁明灭、跳来跳去的，多是些忘了作者姓名的词句："千仞泻联珠，一潭喷飞霰""峭壁开中古，长河落半天""乱抛雪玉从天下，散作云烟到地飞"，等等；到后来库藏挖尽，实在没词形容了，思绪一跳又跳到王维的国画山水上。王维是诗人而兼画家，在他的笔下，飞泻的瀑布总是和云烟绸缪在一起，让你分不清究竟孰是飞瀑，孰是流云。

遐想间，一个激灵，思路突然拐了方向。眼前这道瀑布，在我来说，固然平淡无奇，但在当地人眼里，却是绝妙的风景。你可别小看了她，在这儿，她起着画龙点睛的作用！此地多山，有山必有谷，有谷必有溪，而溪流的起点，往往就有一挂瀑布。美选择瀑布显影。她是载体，她是核心。你想，倘若没有这道瀑布，光有这堵悬崖，嶙峋自然是嶙峋的，嵯峨自然是嵯峨的，但它很难留住游人的脚步，更不会招来茶室、摊贩，热闹起一个新兴的景点。

有瀑布就大不一样！按照"天地化育，阴阳互动"的原理，山之耸拔为阳，水之跌落为阴，一阴一阳，刚柔相济，动静相生，上下相形，固体和液态搭配，永恒和无常对峙，天地立马就生发神韵，山水顷刻就磅礴华彩。

一念及此，眼前的瀑布也变得神气起来，灵动起来。我盯着她默默参禅，她当着我顾自高歌。俄顷，一阵山风吹来，半空里突然升起一朵火焰——液态的火焰。没等我瞧清楚，火焰又幻化成一位少女。我揉揉眼，没错，在悬崖前踏云而舞的，正是一位缟衣银裳的少女。她的头发若亚麻，皮肤若青田玉，手中舞动一柄龙泉剑。剑光霍霍，惊落一天花雨。这不是我期待的美人，不是，她的目光太凌厉，咄咄逼人，不怒而威。作为欣赏对象，我倾心温柔型的，是娇小玲珑而又楚楚可怜的那种，而眼前的这位穆桂英，只能使我敬而远之。哦，她不是别个，她是瀑布的灵魂！

少女显然明白我的心思，剑尖一指，在水潭外数米的平地，腾空又飞起一朵火焰——液态的火焰。须臾，火焰中也幻化出一位缟衣银裳的少女。她的头发同样呈亚麻色，皮肤同样呈碧玉般光洁，杏眼却溢满笑，手里拿着的，不是剑，而是一簇散发着光芒的七色花。

这应该是喷泉的灵魂！

瀑布和喷泉，是水流的两大杰作。一个从高处跌下，粉身碎骨亦在所不惜；一个从地心激射，争先恐后地触摸浮云。瀑布揭示的是悲壮的美，喷泉展示的是高扬的力；在瀑布的奔涌里我们体会到前赴后继，不屈不挠，在喷泉的飞射中我们感受到青春焕发，热情洋溢；瀑布的背后有水帘洞，是山精野魅藏身之窟，喷泉的四周是广场，是狂欢游荡之所；瀑布是阻挡，是屏隔，喷泉是散射，是开阔；瀑布裹挟着风雷，就像裹挟着永恒的思想，聚则成渊，放则成川，喷泉犹如怒放的心花，向蓝天炫耀大地的骄傲和美丽。从东西方的传统和文化来看，东方人似乎偏爱前者，千古以来，瀑布一直是诗词、绘画以及园林的主题之一；西方人则更爱后者，在他们的文化中，泉从地心涌出，从伊甸园的生命之树根部涌出，象征万物起源。是以，瀑布的灵魂附在秦始皇的身上，长城是砖化了的飞沫；喷泉的因子潜藏在哥伦布的血液里，在一望无际的大西洋航程中，他的心里始终有一眼活水。"你说牵强？不，这只是一个借喻！"在喜玛拉雅山、巴颜喀拉山的雪峰间，在黄河、长江的波涛里，随处都可觅到瀑布的灵魂；喷泉在我们的生活中尚属西风东渐，她的灵魂在阳光下自由飘荡，寻找更多赖以附体的对象。

……又一阵山风吹来，飞扬的水沫泼了我一脸，伸手抹了一下，清凉中透出微微的甘甜。云雾中持剑的少女和拈花的少女都在冲我微笑，我也报之以微笑，并且热情相邀，请她俩赴一曲华尔兹。既然世间的火苗可以共燃，那么你们——两朵液态的火焰，想来也没什么理由不能互相烛照。然而，话音未落，幻象就消失了。消失的速度之快，令我又瞬间想起两句老词"欻如飞电，隐若白虹"。恍然四顾，轰然作响的飞瀑依旧，在山崖前摆好各种姿态，拍照留念的游客依旧，周围的茶室、摊贩也依旧。仰观峰巅，但见薄翠而透明的晴空下，一只苍鹰在自由地盘旋。

泉州帆影

泉州，僻居东南沿海的一隅。历朝历代，除了那个"直把杭州作汴州"的南宋，离煌煌都城实在是太远太远。因此，无论从黄河流域，还是从燕山脚下、扬子江畔，丹墀金銮的洪恩，权臣贵胄的擘画，都绝少向这方土地投注。也罢，得不到统治者的青睐，那就不妨掉转目光，向外部世界寻求发展。这样一来，倒使她平添了几分外向型的进取和超越性的审美视角。因而，也就是在这里，仿佛总是在不经意之间，那种从经济的港湾，从人性人格的海平面上突然升帆出航的艨艟巨舰，曾屡屡让朝廷大吃一惊。

这是一艘宋代的沉船，静静地泊在"泉州湾古船陈列馆"。乍一见，我就被它的硕大震撼了。船残长24.2米，残宽9.15米，载重为200吨。据介绍，这样一艘船只的货运量，抵得上700头"沙漠之舟"的总负重。而这，在唐宋之际的海船中，还称不上巨无霸，只算得中等。这是多么巨大的经济力！又是多么巨大的诱惑，多么巨大的挑战！难怪，泉州早在唐代就成了海上丝绸之路的起点。"秋来海有幽都雁，船到城添外国人""云山百越路，市井十洲人"，就是李白、杜甫的同行们，为之奉上的一份"时代的报告"。

黎民百姓自发的创造，毕竟是有限的，政治的渴求，经济的呼唤，才是泉州港方兴未艾的根本动力。有唐一代，当安史之乱阻断了驼铃叮当的西北丝绸之路，泉州港便急剧上升为对外输出和引进的主要窗口。这种趋势，一直延伸到五代，并在宋元之际达到了高峰。既然是国际大港，就让我们来看一看外部世界的评论吧。元初，意大利旅行家马可·波罗途经这里，他在惊讶之余，为西方送去了"商人云集，货积如山，简直难以想象"的新闻。元末，摩洛哥旅行家伊本·白图泰经过这里，又为世人送去了"大船百艘，小船无数""诚为世界最大港口之一，或径称世界之最大港亦无不可"的赞美。

比沉船更具生命穿透力的，是陈列馆外不远处的一排刺桐。一株株刺桐枝干劲挺，花艳似火。徜徉树下，不由又想起了一段中外交流的史话。刺桐树，原产于印度和马来西亚，唐代，泉州百姓就大力引种。如唐人陈陶咏泉州诗，就有："海曲春深满郡霞，越人多种刺桐花""三千幢盖拥炎州""刺桐屏障满中都"。到了五代，节度使留从效扩建城池，特别欣赏这种云蒸霞蔚的舶来品种，下令环城种植。这一种就种出了个国际化的都市：泉州因之又得了一个夷化的别称——刺桐城。

依稀让我追慕古人旷达开放的心态的，还有遍布全城的佛教、道教、伊斯兰教、摩尼教的文物古迹。这是"夷夏杂处"、东西交融的佐证，袒露的是包容兼纳、华光四射的盛世情怀。限于行程，我只去了坐落于市内的开元寺、清净寺和位于近郊的灵山圣墓。开元寺建于唐代早期，清净寺建于北宋，各有千年上下缤纷浩阔、水汽淋漓的中外交往史，供你静静地品味、遐想。比较起来，还是灵山圣墓的资格最老，因此它流溢的诗情和哲思也更加绵邈沉郁。相传唐初，伊斯兰教创始人穆罕默德派四位贤徒来华传教。一贤到了广州，二贤到了扬州，三贤、四贤就到了泉州。三贤、四贤死后，被葬在荒山之麓，夜里坟墓发出灵光，乡人因而就把这山改称为灵山。

一代思想先驱李贽的故居，就挤在南门繁华的万寿街。鳞次栉比的铺面和清寒的前朝小院拥抱在一起，说不上是一种反差，还是和谐？李贽生活在明朝，做过不大不小的官。54岁跳出宦海，专心讲学、著述。他的创作数量十分惊人，内中，最出名的，当数《焚书》和《藏书》。为什么命名为"焚"？又为什么命名为"藏"？李贽是以掀天揭地的气概走上文坛的。他清醒地知道自己超越了封建，必为封建道统所不容，所以，有些议论留不得，只能付之一炬；有些学问，又必须"藏之名山"，以待后世。这应该是古今许多傲世独立的思想家所面临的共同命运吧。果然，明王朝是不用说的了，连取而代之的清政府，也屡番下令禁毁他的著作。然而，禁毁你自禁毁，有生命力的照样在社会深处曲折流传。而今，三四百年过去了，当我在他故居狭小的天井里留连，仰望头顶那一方清清朗朗的蓝天，忽然想到：李贽那些惊世骇俗的高论，绝不会是从天上掉下来的。最早经泉州港载来的外部气息（虽然明政府实施海禁，私商贸易还是很活跃的），包括资本主义的新鲜气息，应该也是形成他昂藏人格的雄阔背景。

　　比李贽更令我肃然景仰的，是老家在石井镇的郑成功。郑成功比李贽晚一个世纪，如果说，李贽活着的时候，朱明王朝已经日薄西山，那么，郑成功就是生活在朱明王朝的黄昏时期。这一情势，注定了他不可逆转的人生悲剧。历史也正是这么演绎的。郑成功自然不失为一位军事奇才，他曾以金门、厦门两岛为根据地，几番起兵北上，直薄金陵，"缟素临江誓灭胡""不信中原不姓朱"，场面是壮烈的，口气也是相当自负的，结局呢？却不免次次都折戟沉沙、抱恨而归。但是，且慢，大成功就在这大绝望中裂天而降了！1661年，郑成功改变战略，暂停北伐，先行挥戈东渡，经过8个月的血战，终于从荷兰殖民者手里，收复沦陷了38年的宝岛台湾。"开辟荆榛逐荷夷，十年始克复先基！"这是郑成功生命的神来之笔。功如补天浴日，一举奠定了他在中华史册的不朽地位。所以，当他尔后不幸早逝，遗骸迁葬故土时，连他的大敌——清朝的康熙皇帝也禁不住撰联赞叹。平心而论，站在一国统治者的角度，那联写的还是挺到位的："四镇多贰心，两岛屯师，敢向东南争半壁；诸王无寸土，一隅抗志，方知海外有孤忠。"

在泉州，还有一个人物不能不提，他就是集美籍的陈嘉庚。集美现属厦门，历史上曾隶属于泉州府。陈嘉庚在当地的影响，可谓辉耀日月，深入人心，自来泉州，无日不感受到他生命的辐射。华侨大学的庄善裕校长有言："我们这地区，最好的建筑，往往属于学校，而这类学校，多半是由华侨赞助。这种现象，大概与陈嘉庚捐资办学的传统有关吧。以华侨大学为例，侨总图书馆、杨思椿科学馆、李克砌办公大楼、菲华教学大楼、敬萱教学大楼，还有陈嘉庚纪念堂等，就都是海外华人捐建的。"善哉侨胞陈嘉庚！伟哉侨胞陈嘉庚！在庄氏陪同下，我拜谒了华大的陈嘉庚纪念堂。其中，有一幅图表，又一幅照片，尤令我五内鼎沸，情不能已：从1912年到1934年，陈嘉庚在海外经营实业所得，仅为840万元，但他同期对国内教育事业的捐助，则高达900万元；陈嘉庚1961年病逝于北京，灵柩南下，是由周恩来、朱德、沈钧儒、陈毅等国家要人亲自执绋，护送至北京站。

这种精神的洪波，理性的风帆，已经不是任何经济的价值所能匡算，岁月的尘雾所能遮掩。它载负的是一种标高百代、光映山河的人格气韵；一种天马抛栈、神鹰掣韝的高迈豪勇；一种世尊拈花、迦叶微笑的悠然心契；一种破胆夺心、摧枯拉朽的坚韧峭拔；一种春风风人、夏雨雨人的温煦润泽；一种喷薄着现代科学意识而又凝聚了无穷历史感悟的时代歌吟。泉州今日的再度辉煌——她的经济实力已经领先八闽，啸傲东南——自是得力于此；而中华民族的整体性巍然雄起，也必将从这里，从陈嘉庚纪念堂陈列的图表和照片上，带走真情灼灼的祝福和万世之光……

烛影摇红

忘了来自何方，也不确定要到何方去，一任流线型的小轿车，流入小城温柔的暖夜。喇叭无声，街景无痕，尘嚣无影，霓虹灯诡谲地抛着媚眼，橱窗闪现一幕又一幕的浮世绘，街树飒爽而多姿，行人安详且稀疏，俄见俊男三五成行，驾驶摩托车呼啸而过，又有美女步出画堂，乍惊鬓影，已闻衣香……

小城的怀抱倒影着一弯湖，湖边吆喝着一溜大排挡，大排挡的臂弯，拢着一个戏摊，幕天席地，一所老屋，就充当了全部背景，数张条凳，分割出势力范围，演员便在这褊狭的空间显身手，唱、做、念，古风古韵，亦拙亦雅，令人不知今夕是何夕，不知此乡是何乡。苏东坡至此，岂不要望月吟啸？我瞅着空隙，仄了身往前挤了挤，陪同的张美丽女士摆手招呼，说："别急，前边有更好的戏场。"于是抽身而出，沿了石鲁画风般的曲折湖岸，信步漫游。

走出一处闲置的台榭，穿过一条带护栏的通道，在幽昧的、浸透甘蔗甜味的月色里，约莫走出五六十米，又步入一派清亮的弦歌里。站定了看，此间的前身，应是一片不识天高地厚的小树林。如今借了树势，一幅帷幕，拉出了一方临时舞台，十来排石凳，辟出了一圈专用戏场。走近观众席，未容落座，剧团的老板便殷勤相迎，一直引到前排。前排是贵宾席，有座椅供舒适，有茶水添滋味。坐近了，才看得分明，帷幕中间，大书着他人馈赠的一副条幅："此曲只应天上有，人间能得几回闻"，挺自炫的了，颇有擂台英雄的气概。细看台上的两名演员，都是妙龄女子，扮的则是须生。乐器极其简朴，统共四件，为洞箫，为琵琶，为二弦，为三弦。台侧有幻灯投射的字幕，标明剧名为《到只处》，诉的是梁山好汉卢俊义充军路上的一段悲怀。听下去，果然是天上的曲调，音节、音色、音韵倒是戛玉敲金，宛如有次梦见乘飞船遨游太空时猝遇的仙乐，内容呢，尽管有字幕提示，却是一个字也听不懂。问戏主郑先生，说是南音，很古老很古老的剧种，只在闽南一带流传，东南亚游客较为欣赏。敢情，那边很多人的祖先都是从这一带走出的，拔茅连茹，扇启堂开，血液中、骨髓里、皮层下，怕不乏有远祖的遗传因子在应弦而歌。

　　茶过三巡，剧目也换过两种，遂揖别郑先生，继续前行。不远处，横跨着一道单孔的石桥，听说是有年代的了，曾经名头很响。桥的右端挽着湖，左端系着一条河，河道弯弯，当年可绕城一周，供人纵览鲤城泉州的胜景。偶尔想到"长沟流月去无声"的宋词，在俯仰星月的瞬间。桥的前方，冷清着一片服装市场，满架密密层层的披挂，和京城街头的格局没什么两样，服饰版型可是小多了，价格也十分公道。再往前走，便到了湖的另一侧，转眼又见长街，大树旁，路灯下，一个卖杂货的小摊，有很深沉、灼热的歌声从录放机中飞出。似乎耳熟，仔细听，是借李商隐的《无题》谱写的丽曲：

　　　　相见时难别亦难，东风无力百花残。
　　　　春蚕到死丝方尽，蜡炬成灰泪始干。
　　　　　　……

　　无端地想到青春时代，想到花前月下的良宵，纯情的发酵的鼓翼的良宵，生命的良宵，恋恋地，脚步竟似被韵律胶住。

今晚说好了出来听歌的，张女士又带我们进入了马路对面的一家歌厅。极高档极精雅的所在，霓虹飞翠，烛影摇红，妆点出一派亦古典亦现代的朦胧氤氲。观众却少得可怜，就六七个吧，集中在左面一侧。我们随便拣了中间一处坐下。先是四位少女很热艳地舞了一阵，接着是一位飞花粲齿的女歌手独咏，她吐的大概也是闽南语，我自然仍是一个字音也分辨不出，曲调却是通俗流行的，有一支是《美酒加咖啡》，有一支是《阿里山的姑娘》。并且闹明白了先来的那帮人是台湾游客，这歌，是抚慰他们羁旅落寞心境的一捧相思豆，唤醒他们愉悦乡情的一束杜鹃花。

侍者端来了果盘，因此及彼，突然想到刚才在楼下水果摊见到的榴莲，一时兴致大发，即席发挥，讲，榴莲号称果中之王，奇香，却也奇臭，这就是造物的美学，天赋、天才、天分、天资都是要付出天价的，这也就是天命。张女士拊掌大笑，说："想不到今晚遇到了知音，你既识得榴莲，肯定也是爱吃的吧。"要说爱吃榴莲，这城里没有超过我的。有次去北京，北方的餐饮不对脾胃，便到商场高价买了一只，拿它当了两顿饭。"方才你在水果摊看到的那几只，我也注意了，长得不好，所以没问。既然你听不惯闽南歌，不如这就出去，我知道哪里有好的卖，我带你去挑。"张女士接着说。

众人中有没尝过味的，也都被勾得食欲大动。于是欢欣下楼，钻回泊在湖边的轿车。月下追韩信，那是萧何。而我们，则自编自导了一出小城月下觅榴莲。

南国的晚秋，夜已深沉，而市声犹沸，灯火犹红。在一家水果店的间壁，意外地见到一家尚未关门的书铺，红木桌前，有白髯的长者，正俯向一幅宣纸，悬肘运腕，笔走龙蛇。刹那间，我仿佛觉得老人就是李贽，啊不，是我希望老人就是李贽。李贽是四百年前的傲骨四百年后的芗泽，流风所及，熏刮得他的这座故乡小城如今更为日秀月媚，引人遐思。

走出老远了，仍忍不住探出车窗回望。我想改日再来，不，不是改日，日里人多眼杂，说话不方便，是改晚我想来找老人，找我心目中英伟卓荦的李贽，商量买他那部秘不示人的《藏书》。

黄山天籁

山当中,身材最为高大、骨格最为粗犷的,绝对是石头山。那些形容山的词语,随便抓上一把,比如什么岩岩、磊磊、嵯峨、峻峭、奇峰罗列、怪石嶙峋、重峦叠嶂、突兀奋怒,等等,望文生义,一目了然,都是缘于石族的——而不是土族的,更不是沙族的——视觉盛宴。

诗人说:"山,刺破青天锷未残。"这是何等凌虚摩霄!你仰起头,眯缝了眼,左看,右看,上看,下看——但是呢,如果整座山都是奇岩怪石,光秃秃的,寸草不生,峥嵘是峥嵘了,崇赫是崇赫了,看久,看累,难免感觉逼人的压迫,刺目的蛮荒。这就需要绿。

绿色是一种保护色,对于眼眸,它能吸收大量的紫外线,耗散炫目的耀光。造物于是在山坡上布满植物,蒙茸的草,蓊蔚的树,郁郁葱葱,莽莽苍苍。人望上去,一派浓绿、深翠、浅碧、嫩青,心头油然而生春意,溢满愉悦。

问题是,漫山漫坡都是绿、绿、绿,景色未免单调乏味——人心是最难餍足的啊!造物有情,令旗一展,在高海拔的部位,撤去绿绒地毯,露出史前的不毛巨石,犹如书法中的飞白,绘画中的留白,使绿色与灰白、黛褐、赤红相间,形成冷色与暖色搭配,阴柔与阳刚互济。

这下好了吧?不,游人千里万里到此,面对绿海绿涛里突兀的峰巅坡脊,欣赏之余又略感遗憾……遗憾什么?你尚未开口,眉心微蹙,造物已然心领神会，但见巨手一挥，由山头向下蔓延，举凡有缝隙有裂罅处，皆狂欢般蹿起一蓬又一蓬不规则的小草小花，缀之以孤高自傲的虬松蟠柏，旁及不登大雅之堂的藤葛苔藓……刻板僵硬如太古的石颜，顿时掀髯莞尔，扬眉吟哦，翩然出尘——活了！活脱脱的点石成金！

难怪诗人与青山"相看两不厌"！难怪画家要"搜尽奇峰打草稿"！却原来，宇宙的生命精神，第一即是美学。

这里说的是一座山峰。如果是两座、三座、若干座呢，又得讲究个前拥后簇，高矮参差，错而得位，乱而存序。"横看成岭侧成峰，远近高低各不同。"哈，一座美不胜收的大山就这样横空出世，笑傲人寰。

树枝头，一只鸟儿飞过，无声，有影。你等待蝉噪，等待鸟鸣。蝉未噪，是心弦在撩拨；鸟未鸣，是诗情在发酵。记起南梁诗人王籍的名句："蝉噪林逾静，鸟鸣山更幽。"好个"林逾静"，好个"山更幽"，王籍生平不得志，事迹湮没无闻，却因了这两句诗——就两句，数来数去只有10个字！——开宗立派，引领风骚，名驻诗史。真是一字千金、一本万利。说到底，好诗也如同好山，不愁无人激赏。

远远的一朵闲云飞来。到得跟前，瞬间扩散成雾，幻化弥漫，蒸腾涌动，遮去眼前的石径、林莽、幽潭，山腰的云梯、峭壁、亭阁，只露出若浮若沉的峰尖，如岛，如鲸，如山寨版的海市蜃楼。美有千娇百媚，美亦有千奇百怪，雾为上苍的道具，一半的美都从云雾中来。

恍惚间有一粒雨，落在额头。愕然间，又一粒雨，一粒，巧巧落在唇边。我笑了：是云在行雨。云也笑了：从缝隙送过来一束阳光，金晃晃的，耀得眼睛睁不开。赶紧戴上墨镜，再抬头，阳光也笑了。我分明看到一影彩虹，恍若"美的惊叹号"。

雾渐渐散去，山道上过来一位挑夫，竹制的扁担横在右肩，一根差不多长的木棍搁在左肩，压在扁担下，向前伸出，与扁担成丁字状，左小臂搭在木棍上——想必是用来平衡双肩重量的吧。这种借力的方法，我是第一次见到。走近了，走近了，是一位30来岁的壮汉，有着岩石一般的崚嶒骨架，挑的是粮食、水果、青菜，蓝布的坎肩为汗浸透，他低着头鼓着劲，额角、脖颈、胳膊皆毕露着青筋。挑夫把担子放下，抽出木棍，一头杵在地上，一头顶着扁担，那高度，正好供他可以半站着歇息，不用大幅度弯腰。

"买根拐杖吧。"挑夫大声说，不像是兜售，倒像是谁粗心失察，疏忽了登山的装备。

左右无人，冲的是我。扭头，瞥见他装载果蔬的竹篮边插着两根藤杖。

瞧我年老？嘿，偏不买。实用功能，对我近于零；买回去作纪念吧，又岂不沾了负面的暗示。我摆摆手："不要！"瞬间趁机把另一根手杖，记忆中最早也是最无价的手杖，急速温习了一遍：那是上古，那是鸿蒙初辟、神人不分的时代，夸父发奋追赶太阳，后勤给养跟不上，途中干渴而死，在他仆地倒毙之际，手杖从掌心滑脱，依惯性向前方飞去，杖尖插入泥土，立马化作夭夭灼灼的桃林。

这是古典的浪漫。不可复制，仅存象征。我非夸父，藤杖也决不会化作桃林。遂收回目光和思绪，仍旧仰了头——这回凝视的不是峰尖，而是刚刚从云雾中探出脑瓜的一株巨松。

这株松真是华贵英拔到极致！看哪，在纠蟠纠结的铁根之上，在离地半人高处，一干蘖生出五枝，相拥相抱，勠力向上，状如一把撑开的巨伞，不，一座绿色的通天塔。所有的枝柯都不胜地心引力，展开来，展开来，微微向大地倾斜，所有的松针又都和地心引力较劲，挺身矫首，戟指昊昊苍穹。啊，它们是如何从脚下贫瘠的岩层汲取乳汁，又是如何从头顶的日月星辰窃得天机？难以揣想，不可方物。这煌煌意象令我迷醉，就是这样，哪——就是这样，我把自己遗弃在原地，直到日色转暝，薄寒袭肘，同伴从云海山巅玩了一转回来，我仍旧仰了脖颈，且屏住气,像一根心怀虔敬的松针,为天廷瑰丽、神奇的乐章所吸引,全神贯注,洗耳聆听,目光亦随之越过树梢、云层(看得见的或看不见的),努力向上,向上……

三　峡

　　城，为宜昌。关，为南津。久闻宜昌城乃三峡之起始，殊不知南津关乃三峡之门户，而三游洞又乃峡口之洞天福地，桃源胜境。卯年岁初，一个透明而微醺的半下午，友人为我补上了这迟来的一课。"三游"之谓，乃纪念唐代诗人白居易、白行简、元稹首创"到此一游"。方是时，洞隐绝壁，俯临深壑，非梯架绳缒不可入，入则空阔轩敞，如传说中之神仙修炼之所。让人在造化之前感叹造化，攀登之余吟味攀登。三人各个赋诗题壁，白居易并作《三游洞序》，地以人彰，文以景著，后世，慕名而来者不绝如缕，若宋代，鼎鼎大名的，便有苏洵、苏轼、苏辙。"前游元白后三苏"，他们踩点，打前站，我们跟进，收获诗文和古迹，品味的是空灵，是超越，是"更上高峰发啸歌，风吹下界惊鸾鹤"。

　　是晚登上游轮，次晨启航，午前停泊"三峡人家"。乘缆车径取峰顶，浩浩乎如凭虚御风，现代科技给了你一双鹰的眼，这是一种高度，一种境界，让你恍悟那山势的千起百伏、山颜的千娇百媚，集纳了人类几乎所有层次的审美体验——从宇宙洪荒的造山运动到疑真疑幻的令牌石、灯影石，从悬河注壑的瀑布到曲似九回肠的溪涧，从色与彩的燃烧、流泻到光与影的追逐、纠缠。山中半日，世上千年——要千年的红尘浊世才能慢慢积累、领略。你从山巅一路玩赏到溪畔，赶紧打住，唯恐待久了拔不出脚。

午后，船过三峡水闸。闸分五级，如登楼梯，拾级而上。然而，人未迈脚，船亦仅作水平的位移，奥妙何在？用一个成语表述：水涨船高。最复杂最先进的，其实也最简单。出得第五道闸门，江面豁然开朗。大坝外面是碧水，碧水外面是青山，是白云，山在傍水处托出一座新城，云在水尽头散作万缕青烟。长波天合，渊渟岳峙。杜甫诗云"春水船如天上坐"，油然涌入脑海。游客把自己交给船，船把自己交给水，水把自己交给云，云把自己交给天。恍兮惚兮，说不清身在船上、身在水上，还是身在云上、身在天上。

呜！——汽笛长鸣。游轮徐徐西行，从容安详如凌波仙子。我登上六楼的甲板，借"微博"向天南海北的网友作现场播报，忘了观察江水是怎样由黛碧化作酡红又化作暗紫与深灰，蓦地惊觉，暝色已悄悄撒满峡江。"三峡千古不夜航"，那是老皇历了。须臾，月出东山，光华如水。月下，江面，前也是行舟，后也是行舟。探照灯在脉脉交流，马达在低吟，游鱼出听，宿鸟惊飞，夹岸群峰窃窃私语，千百年来，这是第一轮不眠之夜。三闾大夫从左后方的凤凰山送来夜航祝福。庆幸，崆岭滩已长埋波心浪底，深深。牛肝马肺石裹上一袭青袍，化具象为抽象。兵书宝剑峡红光烛天，似星斗又似瑞气。幻觉里，王昭君犹在香溪浣洗罗帕，偶尔抬头送过盈盈的笑；陆游仍伫立在南岸楚城遗址的风口，遥望江北怅叹："江上荒城猿鸟悲，隔江便是屈原祠。一千五百年间事，只有滩声似旧时。"而今谷升陵降，山水异势，屈原祠已挪地重建。仰观银汉迢迢，俯察江水泱泱，耳畔渔歌互答，滩声不再似旧时。

记不清在秭归还是巴东入睡，重登甲板，船已驶进巫峡。甲板上撑满了五颜六色的伞，因为雨。雨从半天云里飘洒而下，从两岸的峰巅、林梢飘洒而下，从楚辞、唐诗里飘洒而下。自打有了宋玉的《高唐赋序》，就有了缠绵悱恻的"巫山云雨"；自打有了李商隐的《夜雨寄北》，就有了烛影摇红的"巴山夜雨"。雨啊雨，滴滴答答，淅淅沥沥，敲在伞面，敲在甲板，敲在船舷。神女峰在哪儿？朝云峰在哪儿？游客大呼小叫，东猜西猜。我也惶惑，目光穿透层层雨幕，但见摩云凌虚的危崿，一座接着一座，你推着我，我搡着你，争先恐后地迎迓游轮，不，游人。"知道巫山十二峰吗？"我转身问一位苏格兰的游客，两天的风雨同舟，彼此已形如"驴友"。此刻，他由一位女伴打伞，忙不迭地按动手中相机的快门。"不知道呢。"他答。"那您在拍摄什么？""拍画呀！"他奇怪我竟然如此发问，指着半空中一影烟雨迷蒙、虚幻如"米氏云山"的峰峦，大声补充，"拍你们中国的水墨画！"

船进瞿塘峡，云收雨歇，天气放晴。终于有机会好好品味，这山，这水。水，为湛碧，为漳泓，为莹彻，为潋滟。山，若昂藏，若磅礴，若孤拔，若鼎峙。山姿水态本已炫人眼眸，再加上任意排列组合，并辅之以光与影的旋律、韵律，辅之以你的直觉、错觉、幻觉，摊开来，摊开来，无一不是天然隽永的风景。方此时，船行江心，才惊危崖特立，飞泉激射，一个转折，又讶峰峦叠秀，倒影沉碧，再一转折，更喜含霞饮景，浮光耀金！

俯仰低回之际，游轮长啸驶出夔门。江北一峰崭然特起，白帝城到了。此峰原为半岛，三面环水，一面倚山，掌控瞿塘峡口，乃兵家必争之地。三峡库区蓄水后，倚山的那面亦已沉入江底，从空中鸟瞰，宛然茫茫巨浸中浮漾一只青螺。船泊码头，随众人上岸观光，北侧有廊桥飞架，过桥登山，迎面山门上镌刻着杜甫的名联："白帝高为三峡镇，瞿塘险过百牢关。"寥寥十四字，道尽了天造地设、鬼斧神工！山上有白帝庙，庙内庙外碑刻如林，历代文坛大腕，如李白，如杜甫，如白居易，如刘禹锡，如苏轼，如黄庭坚，如陆游，都曾登临揽胜，留下炳若星辰的诗篇，是以白帝城又称"诗城"。这格调高！它一下子把众多围绕山川草木、花鸟虫鱼取譬的城市比了下去。金戈铁马的演义从来短促，"刘备托孤"的故事空留余韵，高江急峡的雷霆也已化作渺渺逝波，唯有文化的光彩历久弥灿，万古不磨，抚慰着历史也抚慰着现在和未来。我在碑林间徘徊复徘徊，想，倘若千年诗城举办千载诗歌大赛，从中遴选出一首最最气壮山河、砥砺人心的佳构，让我投票，我一定投李白的《早发白帝城》。其诗云：

    朝辞白帝彩云间，千里江陵一日还。
    两岸猿声啼不住，轻舟已过万重山。

洪湖水，浪打浪

千里来寻洪湖，洪湖借与他一叶扁舟，扁舟穿行在亭亭净植的莲田。天蓝蓝，水蓝蓝，云柔柔，风柔柔，午后的秋阳闹闹地照下来，四下里不见一星人影，不闻一丝嘈杂，静谧，犹如太古；偶有鸟啼，偶有鱼跃，唧啾、泼剌过后须臾跃入更深的清寂。半晌，他直起腰，伸长脖颈透过接天的莲叶向湖面巡视，远远地，见一小岛，小得不能再小，将将够砌一间茅屋，并半间耳房，孤单而又神秘，掩映在两株垂柳之中。倘若转瞬从柴扉后闪出一位芙蓉仙子，哪怕采莲的村姑也行，他想，这儿岂不就成了世外桃源。

"龙从万顷平湖腾浪起，舟向千条长河踏歌来。"寄身沧浪，不由又想起了那副对联。对联悬挂在龙舟大赛主席台的两侧，主席台设在一艘趸船上，趸船固定在直通湖心的河道的中央。那是午前，十点来钟。河的南岸绿柳笼阴，翠竹凝碧，颇饶江南水乡的韵致；北岸却是一溜长堤，笔直而空旷。南岸、北岸都挤满了狂欢的乡民。水道宽140米、长1600米。龙舟从对面出发，冲波逆浪而来。抵达终点，也就是主席台，以率先抢到垂吊在趸船额头上空的绣球者为胜。令人惊心动魄而又惊讶不已的是打头阵的那对龙舟，双方各自拥有百三十二名桨手，经过一番摇鼓水战般的比斗，最后竟然并肩冲线，同时夺标！选手多为久惯风浪的渔民，以城市人的眼光审视，年纪明显偏大，一般总在三四十岁，六十开外的也大有人在。其中，他特别瞩目一位老鼓手，枯瘦，黧黑，而且眇了一目，动作却出神入化，俨然有指挥大师卡拉扬之风。

这带水乡属于洪湖市，这片湖面属于瞿家湾镇，首届中国蓝田农民文化节，昨天上午在这儿的镇府所在地拉开帷幕。那些吟珠啸玉的歌手，那些夺神耀眼的舞星，在他，自不陌生，但那是在京城，在另一个地方，用的是另一双眼睛。如今，置身在人山人海的露天广场，与四乡八镇的百姓一道手舞足蹈，大呼小叫，感受不啻天壤之别。台上演唱《洪湖水浪打浪》，这是一支老歌，也是当地的"市歌""镇歌""乡歌""村歌"。歌手绣口一开，观众立马跺脚鼓掌相和。有一刻，他担心舞台两侧的广告牌全被震垮，还有那些音响架。以及，以及那些挤坐在广场之外农家房顶上的看客，远远地，他们是那么小，那么小，仿佛一只只麻雀。假如他们也在使劲跺脚鼓掌。他不敢再朝下想。眸光收回，歌手的魅力激发了他的想象。精灵！对，一支优秀的歌曲，绝对就是一只小精灵！它懂得如何按摩肌肉，漱洗灵魂，征服人心！"洪湖水呀长呀嘛长又长，太阳一出闪呀嘛闪金光……"设想电影《洪湖赤卫队》中的女主角韩英突然一甩胳膊从银幕中走出来，或者贺龙穿越时间的隧道，重新出现在广场，河流为之狂喜，田野为之惊呼！一位来自军界的大牌歌手的清唱，在现场引发的情感爆炸，绝不亚于上述科幻情节所能引发的轰动。

一阵清风吹过，耳畔恍若传来赛龙舟的鼓点。隐隐约约，若有若无。不对吧。这儿离赛场有十多里地。什么风能吹得这么远？他清楚这段距离，他在现场待了一个上午，然后被快艇载来湖畔用餐，然后被安排就地休息，然后，就独自一人，悄悄来到湖湾，租了一叶扁舟，自由自在地游荡。洪湖是因为洪湖赤卫队而名扬天下，洪湖赤卫队是因为同名影片而家喻户晓，影片又是因为《洪湖水浪打浪》这一插曲而众口相传。常常，一支优秀的歌曲，它的感染力、穿透力、震撼力，不是可以用金钱折兑，也不是可以用命令强求的。这么想时，思绪又闪回昨天的晚会。就这种幕天席地的乡村舞台来说，歌曲的共振度、共鸣率，大大胜过小品，而小品，又远远胜过舞蹈。并非偏见，他自然明白，有些舞蹈演员的技艺，在国内国际均属一流。但在这星光下，人海中，就只有坐在前列的少数观众，才有眼福欣赏；后排的，以及后排之外的，至多影影绰绰地瞧个大概，甚至连影子也瞅不到。歌手嘛你不一定要看，你只需要听，种种精巧的音响设备，可以把声音调节得很圆润，很嘹亮，然后，一直送进你的耳孔，你的心坎。你听这咚咚咚咚的声响！啊，刚才他怎么会发生怀疑。在这空阔的湖面，在这旷邈的大野，它肯定是鼓点，也只能是鼓点。他应该马上回到赛场，盈眸而笑的阳光，荡胸而漾的涟漪，都是召他、唤他、催他、促他的电波。但在返回之前，他还有一件事儿要做。于是，他弯下腰，从搁在脚旁的手提包里掏出一个信封，从信封中倒出几十粒祖籍洪湖而生长于京城的莲子。他把莲子捧起，仰头，合掌，聊作祷告，随后款款投进湖心。想象它们携带着京城的雨露，并文化的馨香，重新回到天高地迥的故土，一刹那他竟如纵浪大化，飘飘然忘乎南北东西。

张 家 界

沈从文

一地的山水都在向一人倾斜。

车过桃源，傍沅水曲折上行，你便仿佛一头闯入了沈从文的领地：白浪滩头，鼓棹呐喊的是他的乌蓬船；苍崖翠壁，焰焰欲燃的是他的杜鹃花；吊脚楼头，随风播扬的是他热辣而沙哑的情歌；长亭外，老林边，欢啭迎迓的是他以生命放飞的竹雀——如他在《边城》中一咏三叹的竹雀。

这个人似乎是从石缝里突然蹦出来的。若干年前，我在三湘四水滞留过九载，其间，也曾两次云游湘西，记忆中，绝对没有他的存在。他是水面漩漾的波纹，早已随前一阵风黯然消逝；他是岩隙离披的兰芷，早已被荒烟蔓草遮掩。那年月，山林终日沉默，阳光长作散淡，潭水枯寂凄迷。没有一帆风，因牵挂而怅惘，没有一蓑雨，因追念而泄密。

而今，千涧万溪都在踊跃汇注沱江；而今，大路小路都在争先投奔凤凰。站在沱江镇也就是凤凰县城的古城墙上闲眺，你会惊讶，泼街的游人，都是映着拂睫的翠色而来，然后又拢着两袖盈盈的清风而去。感受他们（其实也包括你自己）朝圣般的净化，饶你是当代的石崇、王恺、沈万山，也不能不油然而生嫉妒，嫉妒他那支纤细的笔管究竟流泻出多少沁心的芳泽，并由此激发感慨：与桃花源秦人洞后那似是而非的人造景点相比，这儿才是真正的"别有洞天"。

不在乎生前曾拥有什么样的高堂华屋，只要这曲巷仍有他的一所旧居就行；不在乎一生动用过多少文房四宝，只要这红尘仍有他的文字飘香就行。沈从文自个儿说过："'时间'这个东西十分古怪，一切人一切事都会在时间下被改变。""我……不相信命运，不承认目前形势，却尊敬时间。我不大在乎生活上的得失，却了然时间对这个世界同我个人的严重意义。"好眼力，也是好定力。难怪，当我在从文旧居仔细端详他在各个生命阶段的相片时，发现镜框里的他一律在冲着我微笑，而且是他生平最为欣赏、最为自负的那种"妩媚的微笑"。不管换成哪一种角度看，他的微笑始终妩媚着我。

在旧居小卖部买了一册沈先生的文集。随便翻开，目光落在了一句成语"大器晚成"上——究竟是书上写的有，还是我的错觉？——说他为大器，嗯，肯定没错。说晚成，就颇费思量。从文其实是早熟的，中年未尽就已把十辈子的书都写完。从文当然又算得是晚成的，崛起在他被同代人无情抛弃之后，被竞争者彻底遗忘之后。冷落并不可怕，时髦更不足喜，沙漏毁了时间未废，抽刀断水水自长流。早在1934年1月，从文年甫而立、乳虎初啸之际，他就在写给新婚爱妻张兆和的信中断言："说句公平话，我实在是比某些时下所谓作家高一等的。我的工作行将超越一切而上。我的作品会比这些人的作品更传得久，播得远。"

公平自在山川日月。1988年，从文病逝于北京，归葬于老家凤凰。山城之侧，沱江之畔，丹崖之下，一方矗立的皱石作了他的墓碑兼安息地。山是归根山，水是忘情水，石是三生石，倦游归来的沈从文，在这儿画上了他一生的句号。

碑的阳面，刻的是他的剖白：

　　　　照我思索　　能理解我
　　　　照我思索　　可认识人

碑的阴面，刻的是他一位至亲的敬诔：

　　　　不折不从　　亦慈亦让
　　　　星斗其文　　赤子其人

猛洞河

　　两山夹一水。山，不算高，气韵倒也生动，有苍苍古木从蒙翳间耸拔，有茫茫烟霏自幽壑中出没；临流皆削壁，石纹纵横有致，笔划俨然，宛若造物的象形天书；壁上苔痕斑驳，一副地老天荒的道貌。时当巳末午初，阳光自山右林梢射入，水面半呈淡绿，半呈浓黛。

　　有小舟泊在岩畔清荫里，岩脚有一缕裂隙，自下而上，蜿蜒潜入丛莽，那便是渔人进出之路。须臾，又见一小舟系于突崖飞石下，船头坐着一位紫衫少女，在织一件鹦哥绿的毛衣。突崖上方有一洞，洞口钟乳垂悬，藤萝掩映，极为隐蔽。停船进洞一游，其内并无什么玄机妙景，唯觉高爽而宽敞，深邃而干燥，颇适宜住人。从前或许当过神仙的洞府，或隐士的石庐，甚或土匪的巢穴。

　　猛洞河的看家节目，是人看猴子，不，猴子看人。它们啸聚在幽谷老林，远远地瞧见游船近了，就呼朋唤友、扶老携幼，蹦蹦跳跳下到水边，龇牙咧嘴，作饥饿状，逗引众位文人学士纷纷慷慨解囊，布施零食。喏，猴妈妈告诉猴孩子，那个大呼小叫的，是蒙古草原的杨啸；那个出手大方、姿态优雅的，是天津卫的赵玫；那个扔花生像射子弹一样刚猛的，是山西的韩石山；还有那个故意把橘子丢到水里、考验咱猴们能耐的,是北京的周大新。哪个?噢,那生着白净面皮、瘦挑身材,眼镜片呈淡紫色,在一旁静观的,是四川的流沙河;护在他身前、生怕他一不小心失足落水的,是他的夫人吴茂华。

——诸君莫笑,猴界自有它们的《后猴文本》《识人指南》,以及最新版本的《儒林外史》。

而我却在看树。我知道,此时此刻,树们也在看我。我看树,是看它们如何攀登峭壁,占领悬崖,上指云霄,下临无地。树们看我,也许是在纳闷,这个假作斯文、酸里酸气的家伙,大老远地跑来,不图与猴同乐,不图啸傲山水,兀自眼光灼灼盯着咱众姐妹不放——难道痴想咱姐妹一个个都化作仙女,嫁了他不成?

流沙河老先生顺着我的视线,瞄了一眼,幽幽地说:"最危险的地方,也最安全。"

此公说的是树,也是说人。

游船惜别众猴,继续前行。任芙康又在炫示他的《文学自由谈》;叶兆言又在神聊他的文坛掌故;叶蔚林则在吹嘘王村的文物,他多次到过那里,想必大有斩获;孙健忠报道说前方快到小龙洞,洞里有条暗河,要坐小船才能进去,大家务必注意低头,不要撞上洞顶的岩石。文武百官到此尽须折腰,看来,大贵人无缘入内。

毕淑敏一边嗑瓜子,一边微笑着倾听各路谈讲。

沿途我都在看山,看云,看树。迤逦行来,河道回环转折,想当初溪涧奔流到此,面对层峦叠嶂,注定要撞山裂石,大发神威,然后辟出一条生路,呼啸前行,到了一处,又见高崖屏挡,群峰锁户,于是再度上演柔与刚、攻与守的殊死大战。如此这般,循环往复,生生不息,历经亿万斯年,这才有了名实相符的猛洞河。

那一幕幕生猛大片,如今再也看不到了,猛洞河已被拦腰闸起,约束成一方澄碧渊渟、波澜不惊的水库。正嗟叹间,手机突然响起——奇怪这山野僻地，哪儿来的无线电信号？接听，是儿子打来的，我道是什么要紧事，原来是报告美国大选的最新进展，以及香港凤凰卫视台的各类时事新闻。唉，人类真是一窍千虑，连和自然短暂的相亲也不能彻底放松。恐惹山精水魅嗤笑，我嗯嗯啊啊地应对几句，赶紧关机。

张家界

张家界绝对有资格问鼎诺贝尔文学奖，假如有人把她的大美翻译成人类通用的语言。

鬼斧神工，天机独运。别处的山，都是亲亲热热地手拉着手，臂挽着臂，唯有张家界，是彼此保持头角峥嵘的独立，谁也不待见谁。别处的峰，是再陡再险也能踩在脚下，唯有张家界，以她的危崖崩壁，拒绝从猿到人的一切趾印。每柱岩峰，都青筋裸露、血性十足地直插霄汉。而峰巅的每处缝隙，每尺瘠土，又必定有苍松或翠柏，亭亭如盖地笑傲尘寰。银崖翠冠，站远了看，犹如放大的苏州盆景。曲壑蟠涧，更增添无限空蒙幽翠。风吹过，一啸百吟。云漫开，万千气韵。

刚见面，张家界就责问我为何姗姗来迟。说来惭愧，26 年前，我本来有机会一睹她的芳颜，只要往前再迈出半步。那是为了一项农村调查，我辗转来到了她的附近地面。虽说只是外围，已尽显其超尘拔俗的风姿。一眼望去，峰与峰，似乎都长有眉眼，云与云，仿佛都识得人情，就连坡地的一丛绿竹，罅缝的一蓬虎耳草，都别有一种爽肌涤骨的清新和似曾照面的熟络。是晚，我歇宿于山脚的苗寨。客栈贴近寨口，推窗即为古道，道边婆娑着白杨，杨树的背后喧哗着一条小溪，溪的对岸为骈立的峰峦。山高雾大，满世界一片漆黑。我不习惯这黑，翻来覆去睡不着，于是披衣出门，徘徊在小溪边，听上流的轰轰飞瀑。听得兴发，索性循水声寻去。拐过山嘴，飞瀑仍不见踪迹，却见若干男女围着篝火歌舞。火堆初燃之际，一半是火焰，一半是树枝。燃到中途，树枝通体赤红，状若火之骨。再后来，又变作熔化的珊瑚，令人想到火之精，火之灵。自始至终，场地上方火苗四蹿，火星噼噼啪啪地飞舞，好一派火树银花。猛抬头，瞥见夜空山影如魅，森森然似欲探手攫人，"啊——"，一声长惊，恍悟我们常说的"魅力"之"魅"，原来还有如此令人魂悸魄悚的背景。

从此，我心里就有了一处灵性的山野。且摘一片枫叶为书签，捡一粒卵石作镇纸，留得这脉红尘之外的秋波，伴我闯荡茫茫前程。犹记前年拜会画家吴冠中，听他老先生叙述七十年代末去湖南大庸写生，如何无意中撞进张家界林场，又如何发现了漫山诡锦秘绣。欣羡之余，也聊存一丝自慰，因为，我毕竟早他四五年就遥感过张家界，窃得她漏泄的吉光片羽。

是日，当我乘缆车登上黄狮寨的峰顶，沐着濛濛细雨，凝望位于远方山脊的一处村落，云拂翠涌，忽隐忽现，疑幻疑真，恍若蜃楼，想象它实为张家界内涵的一个短篇。不过，仅这一个短篇表现力就足够惊人，倘要勉强译成文学语言，怕不是浅薄如我者所能企及。天机贵在心照，审美总讲究保持一定的距离，你能拿酒瓶盛装月白，拿油彩捕捉风清？客观一经把握，势必失去部分本真。当然不是说就束手无为，今日既然有缘，咦，为什么不鼓勇试它一试。好，且再随我锁定右侧那一柱倒金字塔状的岩峰，它一反常规地拔地而起，旁若无人地翘首天外，乍读，犹如一篇激扬青云的散文；再读，又仿佛一集浩气淋漓的史诗；反复吟味，更不啻一部沧海桑田的造化史——为这片历经情劫的奇山幻水立碑。

岁月游虹

小店在社区，社区在韶山南路，韶山南路在长沙。我和家人立在店前候客，趁对方将至而未至的空当，掀帘入内浏览。迎面一排陈列碟片的货架：蒋大为，歌坛长青树，家中有他不止一张唱片，拿起，搁下；王菲，香港天后级歌星，扇动睫毛就能刮起一股旋风，奇怪的是她竟打不动我绝非铁石的心肠，拿起，放下；徐小凤，也是香港人气女皇，若干年前在海口，曾为她的一曲《别亦难》倾倒，旧情已结，新缘待缔，拿起来，正欲细看，儿媳眼尖，在一旁提醒："爸，这是 VCD，您平常放的是 CD。"喔，只得喃喃搁回；蔡琴，台湾女歌手，拿起，看标价，88 元，反过来看歌曲选目，忘了戴老花镜，眼昏瞳眩，辨不清晰，偏偏，偏偏让我看清了一首歌名——《香烟迷蒙了眼睛》，我不吸烟，于是放回货架，不，决定买下。

买下蔡琴碟，只是为了刹那的记忆，也许听，也许不听。记忆是由一篇短文而来，作者龙应台，篇名《山路》，记叙月下在台中露天剧场听蔡琴唱歌。她"一袭青衣，衣袂在风里翩翩蝶动"，唱了"是谁在敲打我窗／是谁在撩动琴弦——"，又唱了"某年某月的某一天／就像一张破碎的脸——"，龙应台听而动衷，执笔评析："蔡琴的声音，有大河的深沉，黄昏的惆怅，又有宿醉难醒的缠绵。"

龙应台的《山路》，收录在她的散文集《目送》中。那书，就搁在我长沙寓所的床头,三联书店2009年9月北京第一版,2010年9月北京第9次印刷,累计印数454500册,嚯,军团级的数字!那么,我是怎样成为她粉丝军团一员的呢?说来话长,年前,农历腊月十五,我携家人自京城来到长沙。客居寂寞,第一乐事就是逛书店。那日在定王台书肆文艺作品柜台,一眼相中了它,翻也不翻,掏钱就买。不是跟风它的畅销,而是念及与作者的一书之缘:我曾赠她一册《岁月游虹》,她亦送我一册《野火集》。

时间定格在1997年,地点落在古城西安,《美文》杂志主办的散文笔会。会上有余秋雨,有贾平凹,是以也各自选购一册,前者是记忆文学《我等不到了》,后者是长篇小说《古炉》。也许看,也许不看,心血常常为了微不足道的浪花来潮——在我,就为了那"手挥五弦易,目送归鸿难"的瞬间感念。

长沙是我的青春之邦。1970年3月,我走出北大,来到长江之南、洞庭之西的军垦农场。行前,掌管我命运的工宣队师傅说:"送你去一个有大米吃的地方。"有大米吃!在那个年月,在那位工人老大哥的法眼中,这就是对十载寒窗最奢侈的回报。我在农场战天斗地了两年,侥幸分配到省城长沙。我在这儿恋爱、结婚、生子,当翻译、搞政工、编杂志,度过了刻骨铭心的8年。此番借春节之暇,前度刘郎今又来,大家携家人南来,一为省亲,二为访友。如今,弹指年关已过,即将掉头北返,有一位刘姓族亲开车来接,邀我全家出游。

时值午后一点,天空俯瞰着日新又日新的太阳,兜里揣着蔡琴的《琴声依旧》。先到橘子洲,啊,多年不见,垫高了,垫阔了。橘子洲本来偃卧在江心,枯水季,宜信步、宜走马、宜高歌、弹琴、复长啸。洪水一来,就陷成汪洋泽国。现在呢,高约与江岸齐肩,房屋、树木、草皮,全盘重新换过,像换了一个人间。这一切,定然与洲头的青年毛泽东塑像有关,它兴建于2009年,高32米,长83米,宽41米,巍然耸立，状若正在"指点江山，激扬文字，粪土当年万户侯"。

家人忙着在塑像前拍照，我却被歌声吸引，是李谷一的《乡恋》，响自一位红粉少女的纤手，仔细看，响自她的手机："你的身影／你的歌声／永远印在我的心中／昨天虽已消逝／分别难相逢／怎能忘记你的一片深情——"这是20世纪70年代末的作品。我熟悉李谷一，时间还要早10年。她是湖南花鼓戏的名角，主演的《补锅》，20世纪60年代就拍成电影；主演的《刘海砍樵》，20世纪70年代的长沙人人会唱，我是不会唱也会哼。旧曲袭来，怦然心动，我情不自禁地跟着女孩手机走，希望听到更多李谷一的歌。夫人在背后大声喊，喊我帮忙按快门，似听未听，权当耳边风，直到一支歌结束，换成刀郎嘶哑而苍茫的《草原之夜》，才恋恋回头。

夫人责怪："那么喊，你怎么就听不见？"我说："风这么大，人这么多……"

自然，说不明白的就打埋伏——你能告诉她在听女孩手机播放的李谷一的《乡恋》？

继而到岳麓山。车停山脚，徒步登上爱晚亭。亭侧一株老枫树牵着我的衣问：你爬山干嘛一蹦一跳？答：因为我踩着自己的脚印——我在长沙8年，哪年不来三番五次。你是否记得在一个燥热的夏天，东方欲晓，有一个穿着破背心的青年，从对岸一路汗涔涔地跑到这里，站在亭前的那块大石上朗读《古文观止》？那就是我。老枫树点了一下头，又问：那你看这些年都有了哪些变化？这个，我环顾四周，犹豫作答，卖纪念品的多了，卖小吃的多了，景却俗了，人的脚步也拖沓了，目光也散漫了。老枫树咧嘴一笑，说：每个时代天翻地覆的变化之后，社会的兴奋点都有所转移，唯有江山不变，人类爱美爱自由的心性不变。所以我一直守护在这里，希望你能为我写一首诗。

答应吗？当然。脱口吟起杜牧的名句："停车坐爱枫林晚，霜叶红于——"老枫树挥枝打断,它说:我听腻了!我要你写新的!

这倒对我的脾气。也是对我的挑战。

告别老枫树,撤离爱晚亭,行至来时的主道口,众人说累了,我的脚力也不济,遂改乘游览巴士,盘旋而径取峰顶。顶端有更上两层的观景台,这是人与自然的叫板,山登绝顶我为峰,你往台上一站,顿觉自己也成了天人。此刻,正当红日西沉,余曛返照,乃东眺长沙主城的最佳时机。记忆中在此(此地,不是此台)有过快意的一瞥,180度的城市立体雕塑,惊为欧洲文艺复兴的鬼斧神工,那样的米开朗基罗!然而今天,任我怎么"天眼"圆睁,扑面完全是国画的写意,而且是大写意的泼墨——皆因山岚和江雾合谋扯起层层纱幕,众目睽睽复灼灼的焦点所聚,只是一片虚幻得一塌糊涂的海市蜃楼。

俄而眼前一亮,台下有茶座,座中有四位小青年边品茗边玩牌,桌角斜挂着一只黄挎包,包上绣着一行红字:"红军不怕远征难"。这是特定的年月,特定的印记。想当年,我与哲学系的周振国徒步串联,取道株洲、湘潭、醴陵、穿攸县、茶陵,攀黄洋界,登井冈山。途中,多想也有这样一只神气的黄挎包!幻想而不可得,即使一只小小的黄挎包,也是身份、实力的标签——那时委实太穷!太窘!时过境迁,今日又与它不期而遇,在这休闲度假的麓山之巅。包的颜色已然发白,看上去是旧物,如果能换,我情愿拿兜里这盘新买的蔡琴碟片交换——别怪我薄情,比起那篇《山路》,黄挎包通向更曲折更沧桑的情感隧道。

下山,晚餐安排在火宫殿。火宫殿集湖南风味小吃的大成,内中以臭豆腐最为牛气。那幅"长沙臭豆腐闻起来臭吃起来香——毛泽东"的题词,如今已成了它顶天立地的招牌。当年,我是火宫殿的常客。离得近,这是地利。从我起先供职的情报所到这里,也就一箭之遥。价廉,为它赚得人和。湖南的大米不是随便好吃的!每月定量有限,年轻,肚皮儿大,撑不饱,因而动不动就跑来,借便宜的小吃疗饥。跑动多了,产生奇遇的概率就大。下辈子想忘也忘不了的，至少有三次：一是在上班时间，溜出来打牙祭，吃完一份臭豆腐，抹了嘴刚要走，正好碰见我的顶头上司李俊，那场面十分尴尬，好在他也是溜出来受用，彼此彼此，以后在任何场合都未提起。二是邂逅一位少女，很美，美到什么程度？当时没出息，立马想到的只是四个字"秀色可餐"。三是与一位昂藏老者结成忘年交。他是20世纪30年代的留美生，曾服务于驻外使馆，因为莫须有的历史辫子被贬谪长沙。20世纪70年代末，北京的一家文史单位致函《新湘评论》，商谈我的调动，幕后即为他返京后的一纸荐书。

终于重返京城，考取了中国社科院的研究生。这一走，就是30载！中间极少回来，极少。我也疑惑，至今还在疑惑，因为身在中央新闻部门，天南地北随意跑，就是很少履迹长沙。也许太深厚的感情也太脆弱，不堪回顾探究？也许太熟悉的地方容易一窥到底，失却新鲜感？也许——也许的结果就让长沙这段岁月成了我的窖藏老酒，直到30年后才启封痛饮。节前节后，和老同事欢聚，他们还扯起我当年的"趣事"：如何用清水煮面条；如何鞋带断了、系不上了，干脆用一根铁丝拴上；如何裤子破了舍不得扔，自己动手打补丁……那真是一段"峥嵘"的岁月。一旁的孙儿像听天书，憋了好久还是忍不住发问："爷爷，什么叫裤子上的补丁？"

"嗨！补丁你都不晓得……"蓦地省悟，他是抱着电脑长大的，他听说的都是软件上的补丁。

晚饭后上街兜风，请刘老弟随便开。咦，这儿是五一广场；那里原来是情报所，现在是口腔医院；那边原来是新华书店；往左去清水塘；清水塘往东去省委……他一路热情指点，不厌其烦。在我，目不暇接，如坠云雾。后来，索性闭目不看。真的，我发现，闭目不看却更真实！

车前有音响装置，播的是湖南民歌："浏阳河弯过了几道弯/几十里水路到湘江——/洞庭湖上啊/洞庭湖上啊好风光——/桑木扁担轻又轻罗/我挑担茶叶出山村——"龙应台在《山路》中形容:"歌声像一条柔软丝带,伸进黑洞里一点一点诱出深藏的记忆。"这是女士的体贴入微。比较起来,我更欣赏王鼎钧的雕肝镂肾,他有一篇《旧曲》说:"音波如浪,将他自时间的流沙下浮起。余音如丝,在他的隐意识上刺绣,余波穿体而出,绕于梁,通于夜,通入大野⋯⋯"文中的他,毋宁就是眼前的我,纵然王鼎钧压根儿不认识我,此时此刻,我也认为他写的就是我。车厢里,每一只音符都在轻抚我的神经,而我也在轻抚那片三湘四水。

车儿拐上韶山路,目标直对那家卖碟片的小店身后崭立的社区。哦,又想到了蔡琴。我正好坐在前排,随手揿下音响的按钮,退出湖南民歌,换上蔡琴——足见我对这番因文缘而缔的歌缘还有所感恩。

笃、笃、笃,几节低沉清冷如深夜梆音的前奏过后,旋出了第一首歌《渡口》:

让我与你握别/再轻轻抽出我的手/知道思念从此生根/华年从此停顿/热泪在心中汇成河流/热泪在心中汇成河流/让我与你握别/再轻轻抽出我的手⋯⋯

词是席慕容作的,未免过于伤感,不符合我的心境。再听下去,第二首是《你的眼神》:"像一场细雨洒落我心底/那感觉如此神秘/我不禁抬起头看着你/而你并不露痕迹——"嗯,这色调还算明亮,词也清新含蓄。侧脸望窗外,恰巧在霓虹与霓虹的间隙映出飘柔的雨丝。是人天感应?没这么快吧。哦,端的冬日逝去,春神已经驾临。湖南的春天总是细雨绵绵,沾发欲湿,吻颊即干;十天半月,日头难得一现。所以湖南的地名才多阳的吧:岳阳!益阳!浏阳!邵阳!衡阳!耒阳!桂阳！麻阳！所以辣椒才大行其道，一位伟人居然说，不吃辣椒不革命！所以辣妹子的歌喉才劲爆神州：李谷一！宋祖英！张也！陈思思！雷佳！王丽达！陈莉莉！刘一祯！龙应台的祖籍也是湖南衡山，难怪她的文笔那么辛辣犀利！蔡琴、徐小凤，印象中，祖籍都是湖北——自古湘鄂衣襟相连，同属于楚，仔细回味，她俩还真有那么一嗓楚人英风！

南风如水

南海、中山、新会,三人的祖籍几乎挨在一起。瞧一眼珠江三角洲的地图即可明白,他们都是伴着南中国海的涛声长大的。时届晚清,那海韵已迭次融进了号角鼙鼓。

世人看到,在滔天的雪浪、血浪涌过之后,紧随洪秀全、容闳的脚印,先是走出了疾呼"三千年一大变"的康有为,而后又走出了创立"三民主义"的孙中山,而后又走出了自许"中国新民"的梁启超。

三人的故居也齐楚轩敞,像模像样。孙中山的是西风东渐式的小洋楼,康有为的是明清世家的旧式华屋,梁启超的是民国初年的大宅院。或因祖上殷实,或因家道中兴,上百年的岁月仍磨损不去骄人的光泽,这是什么?这就叫物质基础。

孙中山的故居辟有园林。林中遍植草木,一木一品,繁茂多姿。如香樟,如斑竹,如银杏,如紫荆;如龙眼,如芒果,如菩提,如棕榈;如孔雀杉,如凤凰木,如鱼尾葵,如鸡蛋花。这都是认识的,认而不识,闻所未闻、见所未见的比比皆是。世人常讲"林子大了,什么鸟都有",此园的主题却是"林子大了,什么树都有"。难怪,当你穿花拂叶,脚步尚未踏进故居的门槛,神思尚未潜入先行者的历史,自然而然地,顿觉有一股灵气,南国的灵气,清清冷冷飘飘逸逸,随晨风扑面而来,嗅之沁心润肺,再嗅涤骨洗髓。

南海境内有西樵山，山之崖有白云洞，传说康有为曾在那儿苦读，每每"赤足披发，啸歌放言"，被乡民嘲为疯子。我去的那天，时值午后。山形浑朴，并无峥嵘峭拔之势，却为云缠雾绕，幽邃莫测。越野车沿山路盘旋而上，至主峰，遥望绝顶开阔处，赫然塑有观音大士的宝像，状极雄伟、庄严，为生平所仅见。凡人至此，谁不心融神释，尘虑顿消？待气喘吁吁地拾级而上，近得佛像跟前，却见庞伟的基座上恣意镌刻着捐助者的大名，不，俗名；更有两三后生，正踮起脚尖伸长胳膊往上率性涂划，禁不住为之摇头长叹。敢情是起了天人感应，方唏嘘间，半空里几串炸雷响过，一场噼噼啪啪的滂沱大雨兜头淋下。上苍的震怒是霹雳交加的，雨箭雨鞭清楚它在惩罚什么。游人四散躲避，我辈也急速奔下台阶，钻进泊在场内的汽车。看那架势，这雨一时半会儿停不了，于是中断游览，取道下山。

出山不足百步，雨即止，回望山顶，依然是云漫漫雨茫茫的一片。车行至一处岔道口，向路人打听康有为的故居，答说在前方，一个叫丹灶的小镇；再问仔细，又说是在镇外，一个叫银河苏的村子。七拐八拐觅到地点，日已昏黄。故居的大门早落了锁，遍寻左右，也找不着一位管理人员，没奈何，只好在四周随便转悠。屋宇业已颓旧，但未败，山墙古朴而威严，地基宽阔而厚实，看得出，当年在这一带是颇为气派的，不愧为诗礼传家的高尚门第。宅前场院的右侧，立有康氏的铜像，暮霭里，一个神色匆匆的身影。一袭青衫，满目忧虑。是首次上书未达圣听归来？还是正赶往挂牌讲学的"万木草堂"？场院的前方有一湾荷塘，花叶已过了鼎盛期，露出一派萧疏、落寞，偏有三五男女仍在全神贯注地摄影，镜头对准选定的残荷，一动不动，宛如天文学家在观察银河的星宿。

梁启超的故居在茶坑村，贴近新会有名的小鸟天堂。已忘了是先去打扰小鸟，还是先去拜谒任公，只记得是晌午，天气燥热的时分。门前有小溪流淌，水尚澄净，屋后环山，山巅耸塔，塔尖变幻着浮云。入院，左侧为怡堂书室，乃任公少年时读书的地方，右侧正大兴土木，该是在扩大纪念堂所的规模吧。经书室入内，曲折抵一回廊，观看梁氏生平图片与实物的展览；因为走错了门，结果变成倒着看，由身后而生前，由老壮而稚幼，由终局而起点；及至中途发现，已不想更改，索性换个角度，自省、自嘲，加自虐。你要想体会个中滋味，不妨想象一部早期国产默片在银幕上跳跃式地倒带。

三人中，以康有为居长，大孙中山8岁，大梁启超15岁。康有为仕途不顺，16岁进学，而后六考六败，饱尝世俗的白眼，直到36岁，才侥幸中举。话说他中举后不久，也就是在广州办"万木草堂"书院的那一阵子，有一天，正在广州行医的青年俊彦孙中山，慕其名声，托人致意，想要和他交个朋友。谁知康圣人恃才自傲，眼空无物，居然发话："孙某如欲订交，宜先具'门生帖'拜师乃可。"笑话！孙中山又岂是摧眉折腰、低首下心之人？此事因而作罢，两位而后在各自的轨道上龙吟虎啸、揽星摘月的风云人物，就这样擦肩而过。

梁启超是三人中的小弟弟，崛起却最早，他11岁进学，16岁高中举人。17岁时，得以相遇老秀才康有为，经过一日的长谈，终于为后者"以大海潮音，作狮子吼"般的学问和思想震慑，从此拜在康门，成了康大师手下最得力的弟子。以举人之身，拜秀才为师，这不仅要有眼力，还要有非凡的勇气。你不能不承认他是真正的早慧。设身处地，你或许会附骥权威，攀鸿显贵，恭敬上司，心仪英雄，然而，假如你已成功挤入上流社会，有朝一日，面对比你更为优秀的基层精英，是否也能心悦诚服地降贵纡尊、俯首折节？

三人中，以孙中山的功勋最为卓著，他缔造了中华民国。正是有鉴于此，他出生的香山县，嗣后改名为中山县。华夏各地，以"中山"命名的街道、学校、公园、殿堂之类，多得数不胜数。康梁生前，以他俩的故乡南海、新会为名号的尊称——康南海、梁新会，也已广泛行世，妇孺皆知。前者，至今仍活在书报杂志和世人的嘴上；后者，似乎已湮没无闻。是梁启超的声望、业绩逊于他的老师？不是，绝对不是。举一个突出的例子，毛泽东毕生推崇梁启超，他求学时代的笔名"子任"，就是取自梁氏的"任公"，他与蔡和森组织的"新民学会"，也是因袭梁氏的《新民丛报》及《新民说》；在习惯乃至心理上，毛泽东始终称"梁康"，而不是俗传的"康梁"。

也许是"任公"的名头太响，无形中掩盖了他的郡望。

中山故居门前有一株细叶榕，榕树下有一组雕像，塑造的是一位参加过太平军的冯姓老人，在给年幼的孙中山讲古。

据《羊城晚报》披露，香山抑或南粤冯氏族人的一位先祖，曾在19世纪初漂洋过海，旅居德国，并在那里遗下一支血脉。1992年，一位外表已经绝对欧化的青年——冯氏在德国的第六代后裔哈根·亚瑟，携其女友，专程来中山寻根；这宗跨国，不，跨洲觅祖的韵事，如今仍在一批热心人中继续。啊，万里不算路遥，天涯永远呼应着海角，既然五湖四海皆兄弟，五大洲四大洋又为什么不能共一份和平，同一份繁荣？！

回头打量雕像中的那位太平天国老战士，不禁生发浩茫而微醉的联想。

世上从此有言体

写下这则标题，顿住，咂摸有点儿碍眼，似乎让人联想到广告。如今广告铺天盖地，无孔不入，着实招人嫌。画掉算了，何必沾惹瓜田李下之嫌？啊不，斟酌再三，还是决定保留。世上有多少人，就有多少体。说言恭达有自己的体，岂非名副其实，何怕之有？不是说怕什么，而是说标题指称的"言体"，与他本人的七尺之躯，是风马牛不相及的两码事。

书法界有则经典桥段：主角是郑板桥，作为一介凭仗笔墨安身立命的士子，呕心沥血操练了数十年，奈何写出来的字，只见古人面目，不见自家须眉，心里难免发急——急也没用，唯有，唯有沉下心来，白天黑夜打磨。

某年夏夜，郑板桥偕夫人在庭院乘凉，手指头仍不闲着，在大腿上画来画去，一点一画、一撇一捺。画着，画着，一不留神，划拉到旁边夫人的身上。夫人拨开他的手，嗔道："你有你的体，我有我的体，为什么不写自己的体，写别人的体？"他忙把手缩回，思绪却唰地放飞，仿佛捅开了天窗，他想到了自己的"体"——形而上的那个书体。

郑板桥茅塞顿开。他学庖丁解牛，大卸各家各派，取隶书为形，篆、草、行、楷为影，创建了"六分半书"，俗称"乱石铺街体"。我承认，本文标题就是由这故事化出的。

郑板桥，兴化人，籍贯苏州。兴化也是水乡，那里桥比路多。要我讲，"乱石铺街"也可说成"乱石铺桥"。你看，"石"料大小不一，杂乱无章，砌出来的"桥"面，却是井然有序，浑然天成。

板桥，这名字大俗大雅。板桥先生之后，在书法界弄潮的健儿，心底莫不供着那座无形的"桥"。

言恭达祖籍苏南常熟，那里也是水乡，那里多桥。那么，在艺海里，言恭达是怎么打造脚下的"桥"，从而抵达彼岸的呢？

首先要分析，是谁把他引入艺海的？泛泛说来，是他的远祖言偃。言偃，字子游，春秋末期吴国琴川（即今常熟）人，孔子七十二高足之一，享有"孔门十哲""先贤言子"等隆誉。言偃以降，文脉绵延，高士名流辈出。言恭达走向书画，偶然中有必然。这就像一条大河的下游，必定汇纳了上游的物华天宝、钟灵毓秀。言恭达生于1948年，青少年时代"上山下乡"，在"广阔天地大有作为"。那"天地"固然"广阔"，但选择毕竟有限，是困境，也是基因，帮他在混沌中认定了头顶上的那簇星光。

其次是机遇。他在而立之年拜师沙曼翁，这是可遇而不可求的。沙曼翁是当代著名书法篆刻家、金石学家。沙曼翁出生在镇江，长居苏州，与常熟山相望而水相连。一方水土养一方人，一方水土也养一方文。沙曼翁把言恭达领上书画印的正道，以"五分读书，三分习书，二分写作"为法度，以"读书万卷可医一俗"为准则，从而形塑了言恭达潇洒飘逸的书风。

再次是造化。造化这两字很玄妙，既含天赋，又关乎后天努力。我结识言恭达先生，在将近20年前，那时他移居南京，并频繁活跃于北京。名已成，而功未就，他温恭朝夕，念兹在兹的，是如何推陈出新，让中华书艺发扬光大，屹立文化潮头。如是，他脚下的桥，通往艺海对岸的桥，一直在延伸。延伸，没有止境，始终处于施工状态。

大匠不怕桥长，桥愈长，横跨的水域愈宽。

大匠不怕石硬，石愈硬，屹立的年头将愈久。

我欣赏言恭达的书法，是从大草起。如果你熟悉常熟历史风云，眼前当会浮出张旭的狂草，恍见"阆风游云千万朵，惊龙蹴踏飞欲堕"；也会浮出黄公望的《富春山居图》，一派铅华尽洗，平淡天真。言恭达的大草，就是狂中寓逸，雄里存秀。搁在任何展厅，我远远望去，一眼即可辨识——这就是他的体，言体。

试看这幅他自撰的草书联"胸中波澜心游天地外，笔底风雷意在有无间"，其中的"胸中波澜"和"笔底风雷"八字，皆盘马弯弓，引而不发，沉下去，潜下去，映带出"心游天地外"和"意在有无间"的超尘脱俗。言恭达的篆书、隶书，我稍微走近，也会确定无疑。我不研究书法，专业的话，留给专家，我凭直觉：这字像他。

初次见面时，他就像我手头的这幅大篆，谦恭练达，清新敦朴；他日后的言谈举止，又使我想起收藏的另一幅隶书，温文尔雅，老成持重。

数年前，言恭达跟我说："日本的机器人已经能仿名家创作，而且仿出的字画连书画家本人也分不出真假。"言下之意，书画家的克星来了。我后来见过多幅仿他的书法，包括来自东瀛的，不知是否也有机器人的搅局。但我其实不用劳神，立马断定：假的。因为书法并非只是线条、墨色，它有呼吸，有温度，有生命。

他应该感谢机器人，它使平庸之辈难以混迹。他更应该感恩机器人，它倒逼有为者锐意创新。按照行文逻辑，写到这儿，该重点说说他的创新了。但这是造物掌管的大业，哪里是我能置喙的？为了文章圆满收官，姑且没话找话，说句玄而又玄的话，那就是"走出笔墨"。

吴冠中当年提出"笔墨等于零"，几乎酿成公案。我无意蹚浑水，只是换个角度：言偃对于历史是什么？一种文化的芬芳。张旭对于书家是什么？"脱帽露顶王公前，挥毫落纸如云烟"的气势气派。黄公望对于今人是什么？金瓯尚有缺，拊膺思国殇的心灵磁场。徐兰（清代常熟人）对于诗家的启迪是什么？"马后桃花马前雪，出关争得不回头"的艺术高度——就两句，就这两句，一清如水，明白如话，隽永天然，千古流传。

那么，言恭达对于我是什么？认真想来，是他应我之请，写的一幅《季翁赞》："月照人间辨浊清，经纶满腹尽神明。老梅雪蕊香如故，我仰今贤一帜擎。"自是，我明白了，他不仅是生命像大草一样蓬勃的书家，也是敬畏文化、爱惜羽毛的行者。他暂时要走出的，是笔墨这座"桥梁"。他镇日走在这座"桥"上，远眺峰峦城郭，仰观天机云锦，俯视帆樯流水，大块噫气，泠然善也。艺术家有宇宙观吗？有的。说白了，就是他的艺术观，间接也是他的人生观。艺术上承宇宙，下接人生，科学是愈实证愈清晰，艺术是愈高级愈朦胧。一笔下去，万象灿烂；一音既出，大千交鸣。

如果，我是说，如果有那么一刻，他能走出脚下的长"桥"，走到，也许是大漠孤烟、长河落日的唐代边塞，也许是《清明上河图》的宋都汴京，也许是未来的某时某地……洋洋乎超然物外，摆脱笔墨的拘束、时间空间的纷扰，进入庄子笔下的逍遥游，"乘天地之正而御六气之辩，以游无穷"。我想，每个艺术家的豹变都离不开顿悟、而顿悟之后尚有顿悟，仍有顿悟，递进式的顿悟、爆炸性的顿悟。大美，往往来自顿悟后的涅槃，或是隔空隔界的神游。身在庐山，是一种美。身在庐山外，又是一种美。美美相叠、相激、相乘，不觉为美而神光自射，不着笔墨而五色斑斓……俄而，尘世间数声喔喔啼鸣，言恭达从恍境抽身，迅速返回"现在"，返回他艺术架构的"桥"心。

只是，"桥"下的流水，已不是原来的流水；"桥"面的他，也已不是原来的他。

煮雪烹茶之忆

改革开放初兴，南有广州。似乎也唯有广州，对于我。那时，拔脚就往南国跑，出得车站、机场，就隐入羊城。东莞之于我，只是蛮乡僻野，唯一神秘而持久的一瞥，是月光下，竹篱旁，一株硕大无朋、魅影幢幢的老榕树。

而后惊涛拍岸，深圳崛起于大鹏湾。广州的地位依然，尊严依然，但风采不再。在我，深圳是桥头堡，广州是后勤部，东莞是中间站——也可定义为后花园，因为深穗两地的朋友动不动就说："怎么样？带你到东莞去玩玩。"

终于有机会玩在东莞。玩也有个名目，是以马拉沁夫为首的中国作协采风团。而且一玩就玩了10天——这是公历12月，东莞的阳光很给力，从国外移植过来的草皮很妖娆，惹得嘉木异卉随处点染，尽情发挥无挂无碍。白天，我站在酒店8楼的窗口，望出去，望出去，鳞次栉比的市心挺拔而又清新，挺拔大气，清新脱俗。大气金钱可以装扮，脱俗就要上升为文化。入夜，我在街头闲逛，猎猎作响的风，挟着资本的意志，在城市上空呼啸而过，撒下一地的星斗和一串串霓虹的顿号、逗号、惊叹号。

是我在惊叹。惊叹的结果反而张口结舌，得意而忘言。归京，居停未久，又踏上南下之途，不是南国，是南方，是以天堂作垫背的苏杭。

哦，错，顺序说颠倒了，其实是先到杭州，然后再到苏州。既是人间天堂，必然处处精彩。东莞收获的惊叹，到这儿难免折旧。有时又老大不服气地浮现出来，仿佛说"还是看咱们东莞的"。看什么呢，譬如说，我从西湖之波望见松山湖之浪，西湖是古典美女，越发流于珠光宝气，松山湖是现代村姑，朴实爽朗，落落大方；从拙政园之"拙政"、退思园之"退思"，跳到可园之"可"，同样是浮沉宦海的感喟，前者过于直白，后者就较为艺术，无可无不可；从当地人唱主角的浙商、苏商，想到外地人参与挑大梁的莞商，前者地灵人杰，干得好是本分，后者五方杂处，靠的就是八面来风；等等。

而后北归，未几又南下，简直马不停蹄。此番目的地是吴江。吴江有缘，第一是静思园，第二是南怀瑾。雁过留影，人过留文，在我，照例要摘文捄藻，呕心沥血。两篇急就章告竣，东莞的文稿八字还没一撇。中国作协的邢春女士来电催了，欠债总是要还的。只是，我已有点隔膜。这是时间作祟，怪不得我。

而后的而后，就是现在，岁序已跨入 2011 年。元月 18 日，我又闯荡到长沙。迎接我的，是破了数十年纪录的大雪。电视上说，长沙城局部地区降雪厚达 27 厘米。在北国睽违的"千里冰封，万里雪飘"，却在长江之南、洞庭湖之南撞个正着。一个意念蹭地擦出火花："到南方来看雪！"这雪有得你看，一天不停，两天不停，三天后，停是停了，但是雪覆冰盖，顽固不化。我被困在郊区，亲朋不来，出租车不至，看不到报纸，上不了网，电视只有"三下五除二"寥寥几个频道，屏幕上也是雪花飘呀飘，飘呀飘，朦胧不成画面，屋里未装暖气，空调的热风吹不暖身子……这下老实了，哪儿也不能去，啥事也干不成……说说到了 20 日上午，就是今天，我一人枯坐在 15 楼的阳台，向外，向下，愣愣地看雪……雪看来看去，也变不出琼花，变不出互联网，倒是想起夜间水管破裂，小区停水，到现在还没修复，害得我早餐只能免吃，连水也没得喝——哎呀！想必是被冻傻了吧，眼前遍地是雪，怎么还愁没水?！一个激灵，我赶紧拎了一只塑料桶，下楼铲雪。铲得尖尖满满，提上来，倒在锅里。然后，用细火慢慢熬，像熬世上最贵重的补品。

曾经读过林清玄的一篇《煮雪》，说北极的人因为天寒地冻，一开口说话就结成冰雪，对方听不见，只好回家慢慢地烤来听。这故事美，美的情感带有侵略性，面对锅内丝丝作响的融雪，我也变得神经质起来——恍惚间，在炉火之上，在水蒸气之上，我看到阳光，多情多热力的东莞的阳光，正在袅袅，袅袅地升腾，盘旋。

那阳光对于即刻的我未免太豪华太挥霍，眯上眼，一个愣神，老先生趁虚而入——阎纲。宁是我趁虚而入，闯入老先生的一篇随笔：《我的邻居吴冠中》。年来我写作《寻找大师》，循踪寻到了吴冠中，恰巧在东莞期间，又读到了阎先生的大作，五体投地，望峰息心，觉得他一篇短文引发的感情海啸，超过了我既往掌握的素材总和。譬如，他在文章中披露："更令人吃惊的是吴老人清早买煎饼吃过后，同夫人坐在楼下草坪边的洋灰台上，打开包儿，取出精致的印章，有好几枚，磨呀磨，老两口一起磨。卖煎饼的妇女走过去问他：'你这是做什么?'他说：'把我的名字磨掉。''这么好的东西你磨它……'他说：'不画了，用不着了，谁也别想拿去乱盖。'"阎纲先生感叹："多么珍贵的文物啊，为了防范赝品，吴冠中破釜沉舟。"

又一愣神，阎纲先生身后站出杨匡满。高高挑挑本应去打排球，斯斯文文却尽显书生本色。杨先生著述等身，我独钟情一篇：《季羡林：为了下一个早晨》。那是一篇报告文学，发表在1984年2月22日的人民日报上。2006年，我撰写《季羡林：清华其神，北大其魂》，写到1978—1984年，季羡林在北大副校长的任上，长长的6年，究竟干了些什么? 空白，在我的笔记本里、大脑里，一片空空如也。抓耳挠腮之际，查到杨先生的文章，犹如瞌睡了有人给送上枕头。我大胆当了一回文抄公,抄了将近 2000 字。书内,读者看到的是季副校长的 6 年辛劳;书外,我看到的是杨先生温文尔雅的笑。

雪化了,水开了,我沏了一杯茶,黄山茶。黄山茶使我想起严阵先生。其实严先生是山东人,闯入我生活的时候,他是在安徽任职。那时我在北大,读大一。他是一路飘红、如日中天的青年诗魁,我是渴望成名而发表无门的门外小卒。我购下他的第一本诗集,叫《竹茅》,我尝试用他的"竹茅"冲锋陷阵,攻城拔寨,直到若干年后准心修正,目标由有韵的诗词改为无韵的《离骚》。而后,20 世纪 80 年代,机缘凑巧,我得以编发他的一篇纪实文学,关于煤矿工人。再而后,20 世纪 90 年代,惊讶他已移情丹青。这次东莞会晤,堪谓三生有幸。分手后,我接过他的电话,邀我出席他在京城美丽道艺术中心的画展。遗憾的是,我人在柳亚子、费孝通的老家;更为遗憾的是,他老先生不知道,20 世纪 90 年代以来,我也一直觊觎丹青,迄今仍未登堂入室。

见贤思齐,我搁下茶杯,转身拿起画笔,案与纸与墨,是现成的,画什么呢?就画窗外的雪。一阵横涂竖抹之后,思维又跳向了张同吾。不对,张同吾之前,分明还想到周明。只是,和周公太熟了,熟视而无睹,无须特别回忆。而张同吾不同,我俩是初次见面。其实早就神交,因为欧阳中石。又是写作——早年误入歧途,除了这营生咱干不来别的——我为欧阳先生作传,遍寻他在通县教书时的知情人,张先生正是这样的角色。一个电话打过去,不在,两个电话打过去,忙,忙着在外地张罗诗坛盛事(他是中国诗歌学会秘书长),于是就等,这一等就到了不期而然相聚在东莞。10 天之缘,我确认张先生绝顶聪明——莫误会,这和葛优的光头调侃无关——他写得一手好字,玩得一手好乒乓球,不愧是欧阳中石的密友;口才之外,交际、组织才能之外,更兼写得一手妙文,亦庄亦谐,卓然不群。

茶凉了,再换上一杯。下笔,鬼使神差,竟画了一幅《敖包相会》。

什么意思呢，是我想唱，不，是我心里在哼，"十五的月亮升上了天空哟，为什么旁边没有云彩，我等待着美丽的姑娘哟，你为什么还不到来哟……"歌声飘走我的少年，歌声飘走我的青年，而后又闯入我的中年、老年。啊，猛地一悸，我已进入了老年。我辈俱已进入了老年。"元知造物心肠别，老却英雄似等闲。"而歌声仍然悠扬，自在悠扬，忘情悠扬。这要感谢团长玛拉沁夫，是他在生命八九点钟的节骨眼上创作了这首歌词。此番，我们随他一起玩在东莞，乐在东莞，梦在东莞。"作家各自一风流。"负责接待的康健先生恰恰是音乐学院出身。于是，你想呀，哪天都少不了一曲《敖包相会》！同声相应，同气相求，歌声使阳光更为灿烂，歌声使鲜花更为耀眼，歌声使你，使他，也使我，返老还童。虽非童男童女，至少也是童心未泯——告别宴上，我慷慨许愿："这次在东莞，躬逢严阵先生80大寿，我有一个小小的心愿，希望在我80岁的时候，能把大家再请到一起。此外，我更希望在座最年轻的邢春女士80岁的时候，我们大家都能聚首一堂，共唱一曲'敖包相会'。"

抬头，突然感觉房间分外亮堂，阳光，是从窗外射进来的自然光。啊，太阳出来了！眼前长沙的太阳，记忆中东莞的太阳，白灿灿、明晃晃地叠印在一起。毕竟，此日轮不同于彼日轮，岁月如四季递嬗，往事如舞台换幕，心绪如白云翻卷。景不留客，客不留步，步不留影。唯有，唯有萍水相聚之际的真情，似冰包雪裹的童话，值得用细火慢慢烤来听。

……

登临骋目

眼底是深圳。脚下是国贸大厦的旋转餐厅。大楼共53层，这就有了突兀的高度。人立马也变高了，目光射出去，似乎也带上了53层大楼的份量。

立在轩敞的玻璃窗前向下探望，咯，这细瘦细瘦的就是街道了，这蠕蠕爬行的就是汽车了，这苔痕般斑斑驳驳的就是树木了，这影影绰绰、亦真亦幻的就是行人了，这一溜溜、一簇簇俯伏着身子紧贴大地的凹凸物，就是人们居住、活动的场所了。

试着把目光一点一点地收回来，撤后一步，再一点一点地放出去，异观立刻又出现了，咦，这不就是那座海燕大厦吗？这不就是那座南洋大酒店吗？往日看上去，都挺高、挺大、挺帅、挺气派的呀。"海燕"足有20层，"南洋"接近30层，可今天看来，怪了，怎么看都像矮矮矬矬的小字辈，缩手缩脚，可怜兮兮的。

这么想着，目光也多了几分冷峻。咳，你们——对，说的就是你们这些城市建筑——一幢幢、一栋栋的，四面高墙被日新又日新的装饰材料包裹，浓烈的色彩争奇斗艳于厅堂内室。唯有在这儿，在我立足的高度骋目，光秃秃的楼顶才泄露了砖瓦水泥的底蕴。浓妆艳抹原为了娱乐俗眼，高大庄严更多的是供人们顶礼膜拜，面对上天，你们则欣然袒露本色，力戒浮华，全然不计修饰，与日月互照，与风雨相伴；也为这世界留下一份断代史式的发展佐证。

林中的高枝是互相遮掩的，城市的楼宇是互争高低的。你一旦登临了制高点，它们立刻就有了自知之明，俯首下心，谦恭识礼，而你呢？也不必客气，自然也有了知物之明。譬如眼前吧，凭这般悠悠地瞄过去，这座楼比那座楼略高一头，那座楼比这座楼稍矮半肩，绝对是层次分明，一目了然。

所以，世人才讲究登临。

怡然中又有了一层新的发现，近处的楼宇，轮廓鲜明，却显出矮，远处的楼宇，隐约散淡，却瞧着高，愈是立在遥远的地平线上的，则瞧着越高。

一列火车从西北方向驶来了，驶近了，进站了，是汽笛声指示我大致的方位。眯起眼追随，无情的城市建筑将它斩得一截又一截的，只有从时隐时现中去组合实体，只有从若断若续中去把握生命。

车站的前方是那座神秘的罗湖桥，桥下有水，一水横陈，隔出了界内界外。界内是深圳，界外是香港，界河两侧，仿佛都架有铁丝网。我说是仿佛，因为实在看不清，即便是有吧，也是矮得不能再矮，一抬腿准能跨过去。

敢情是登临在点化智慧。说来惭愧，从前也攀过高山，山多是层峦叠嶂、绵延起伏，难得有这种了无遮拦的开阔视野，从前也乘过飞机，离地的距离太远太远，速度又太快太快，难得有这等清晰，这番从容。

我是在傍晚登上国贸大厦的旋转餐厅的，就这么瞧瞧看看、思思想想着，天光竟一点点地暗下去了，暗下去了，暮色苍茫，行将淹没城市之际，万家灯火又在一刹那间大放光明。光明是光明的了，却不能普照，万象呈现出朦胧，不见了错落有致，不见了轮廓分明，不见了……

凭你把眼睛眯起，或睁大，再睁圆，日间的图画是无法再现的了；夜的世界，唯见灼灼的灯火在显示，在传语，在撩拨，在竞争……

蹦极在云山梦水

游昆明而登西山,揽滇池而踞龙门,想象,当你凌空舒臂,往前纵身一跃,世界在你眼前将会闪出多少梦幻的组合!什么?你想到的是舍身跳崖,眼前一黑,一了百了?!哦,你这是——你这是罹了传说的自闭症。传说误人,莫此为甚!比如,眼前就有一位开凿龙门石室,但因雕坏魁星笔尖而以身殉业的汉人石匠;比如,石林那尊作为撒尼人偶像的阿诗玛,以及丽江那块被称作纳西人殉情之都的云杉坪,地理环境、历史背景、文化形态虽然迥异,而故事莫不一脉相承,一桩桩,一件件,最终都引向那个黑洞般的结局。但那是时代的局限,我以为。那是弱者的抗争,绝望中的希望,自焚式的永生。而我说的当然不是这些,绝对不是。我指的是生命的扩展,极限的突破,激情的张扬。立于龙门,也是立于精神的台阶,假设你是昔日云南陆军讲武堂的蔡锷、朱德、叶剑英,假设你是而后西南联大的钱锺书、陈省身、李政道、杨振宁,假设……这会儿你以蓝天白云为衬托,以千寻绝壁为跳台,凌空展臂,纵身飞跃,起码,我想,也应该潇洒如春燕剪水,或新潮之至的高空滑翔!

文学贵乎羽翼,而云南尤其适于翱翔。三亿年前,这里归鱼龙掌管;一百七十万年前,这里是元谋人的栖息地;两千纪前,有庄蹻入滇,秦开"五尺道";千载前,有《菩萨蛮》曲和《霓裳羽衣舞》轰动长安。东道主、封疆大吏令狐安说，倘若生命之川倒流，容他重新择业，他将毫不犹豫地选择文学。你认为这话矫情。是吗？且撇开他精心创作的诗词，他的业余顶级嗜好，待会儿听他叙述如何深入边陲，又如何摆脱前呼后拥，悄悄融入边民日常生活，那事本身，就是一阕古典而又前卫的《如梦令》。另一位东道主、红塔集团掌门人字国瑞，英气内敛，温良谦恭，衣不出众，语不惊人。两天后在玉溪，我听他作集团介绍，但见，他左手象征性地燃支烟，右手有节奏地轻叩茶杯，而目光，始终低俯着案上的烟盒，仿佛它就是文件，是图表，是麦克风，是国际象棋。

　　昆明只是中转，第二天就南下西征。将欲云游，京城为我壮行的是一场飞雪。"燕山雪花大如席"，今人用的是席梦思，雪花也飘飘如绮梦，霏霏如相思。及至昆明，下榻桂花大厦，次日清晨一拉窗幔，欢迎我的，竟然也是一场飞雪！想不到，无论如何也想不到。不是说四季如春吗，这春城？！难道说雪姑娘也如我，如一干湖海客，神往这南国秘境，于一夜之间，迢迢潜飞暗渡？或者说主人的冰心、玉壶，以及漫天的星斗，以及骚人墨客的清气，抢在这深宵良辰，化作了遍地珠蕊琼花？

　　一行冒雪登程。路旁的林木，远没有我神往的那么昂藏，那么翁郁。毕竟是冬季。毕竟又是在海拔一千八百公尺以上。海拔一千八百公尺以上属于什么层次？你只要想：比东岳泰山还要高出一座摩天大楼。离天愈近，地气自然愈稀薄。"哪里，"向导纠正我的偏颇，说，"也有长得很高大的，但树梢都被砍掉了，为的躲避高原烈风，还有雷电。"呀——，高，原来也有高的顾忌！车抵玉溪，入住红塔大酒店，却意外发现一棵小叶榕，擎天柱般，耸拔在庭院的一侧。问保安，说是从别处移来的，为的是给当地的高速公路让道。你猜它已经活了多久？这须髯垂地的绿林长老，高龄一千二百，根，犹拥抱着唐朝的褚上，叶，剪影在共和国的碧空。玉溪让我心仪神飞的，还有两棵"嘉木"。一棵是蔡希陶，一位丰采葱茏的植物学家。是他在1932年，拿北美的"大金元"与云南的阳光联姻，从而培育出举世青睐的烟草。另一棵是聂耳，国歌的作曲者，人民音乐家。聂耳祖籍玉溪，城里辟有他的公园、纪念馆，塑有他的铜像，保存有他的故居。聂耳只活了23岁，23圈瘦瘦细细的年轮，但他在音乐史上的形象，绝对干云蔽日，万古长青。

当波音767展翅离开京华，漫漫云程，我曾几番贴着舷窗俯瞰，一边速记，一边禁不住纳闷，从北京到昆明，迢迢2200多公里，怎么一眼望去，尽是些粗糙、狰狞、变形、扭曲的山地？待到脚踏实地，这刺激就更加怵目。总是，山牵着山，峰引着峰，螺旋一般旋过来又旋过来，叠浪一般叠过去又叠过去，直如宋人杨万里形容："正入万山圈子里，一山放出一山拦。"好在还有坝子（盆地），供人烟稠密。好在还有丰沛的水系，提醒人们这里既是昔日的汪洋大海，也是今日东南亚的江河之源。这就催生了错综复杂的云南文化，一种既是凌驾于衡山、庐山、泰山、黄山、华山之上，同时也袒呈裸露出大洋之底的多元文明。你能想象一年一季，而一天却有四季？它必然孕育出特殊的高地气质。你能不为阳光穿透云层而倾泻在大野的万千气韵雀跃？它必然焙制出旺盛的生命气场。试看蕞尔小城建水，这么一个偏僻闭塞的所在，竟拥有规模直逼曲阜孔庙的文庙，以及堂皇远超周庄沈厅的朱家花园。若非身临其境，任谁也难以置信。

"百万燕呼淝水战，一条浪吼浙江潮。"作为新闻，未免夸张，作为诗词，却是绘声绘色，活灵活现。燕子洞距建水城东30公里，大概老早老早，在诸葛武侯尚未五月渡泸，南诏、大理尚未割据称王之前，有一只燕族的探险家，无意中撞进这空廓而荒寂的溶洞，经过一番大胆深入，小心逡巡，它看中了这儿飞石驾空，暗流涌地，既高敞，又幽秘，于是断然挈妇将雏，搬到洞里安家。消息一传十，十传百，燕儿纷纷来此垒窝筑巢,久而久之,这儿就成了燕族的"水帘洞""聚义厅"。群燕每年春夏麇集于此,秋冬飞往南洋,年复一年,翅下,剪不完山高水长的江湖梦。我来的时候,节气已过了立冬,燕儿早飞走了,飞得光光的,一羽也不剩。报上说,今年新疆的一批燕子麻痹大意,被一场提前偷袭的寒流冻了冰棍。这悲惨的消息肯定会传来此地,总归有那侥幸的逃生者,把警报传遍四面八方。

通海,一个襟山怀水的古城,我和内人迷了路。都说风景迷人,果不其然!不过,不是迷失在城里的曲径,而是在城南的秀山之巅。其时,我和内人已离开峰顶的涌金寺,顺着一条弯弯曲曲的蹊径,走啊走,走啊走,走了半晌,忽然发现,已然处在"前不见古人,后不见来者"的尴尬位置。怎么办?往回转,心有不甘。继续探索吧,又不知这道究竟通向哪里。踌躇片刻,蓦地一拍大腿:反正城在山下,路在脚下,只要朝着山麓走,大方向就不会错。于是风发意气,抖擞精神,一边假想咱就是"望险而趋,觅奥而逐"的徐霞客,一边趁机大吼平日羞于启齿的民歌、情歌,忘形在山阴道上。内人还从路旁捡起一株孔雀翎似的杉树苗,插入矿泉水瓶,一路捧着,带回宾馆,并最终带回北京。

在澄江笔架山庄,漫步水湄,听了一晚抚仙湖的心语。湖名抚仙,相传上古时有神仙经过湖畔,爱其浩淼湛碧,遂停步不走,化为镇湖巨石。这当然够奇幻,够浪漫。而且化石的不是老百姓,是神仙,更让吾人底气大增。湖水深邃而辽阔,温柔而莹澈,很母性,也很诗性。湖能抚仙,当然更能抚你,抚他,抚我。我辈久困于尘网的灵魂,需要的不正是这种汪洋而又澄泓的澡雪!仰头观望星空,星子也出奇地大,出奇地亮,而且出奇地近,似乎亦为湖光吸引,要跃到这波涛中灌缨。

一行折回昆明。昆明给我最初的狂喜是那片五色斑斓的彩云——那是前番在机翼下所见——也就是云南自古据以出名,而汉武帝又据以赐名的那种祥云。揉一揉眼球才恍然大悟,啊,那不是彩云,那是点缀在森林、湖泊之间的红土。二次到昆明，入住海埂红塔体育基地。基地紧挨大名鼎鼎的滇池，走着，走着，孙髯翁的大观楼长联就会不假思索，自动跳到眼底。全联长180字，上下两联起句就极具气魄："五百里滇池，奔来眼底。披襟岸帻，喜茫茫空阔无边""数千年往事，注到心头。把酒凌虚，叹滚滚英雄谁在"，而下阕中"伟烈丰功，费尽移山心力，尽珠帘画栋，卷不及暮雨朝云；便断碣残碑，都付与苍烟落照"，更是末代封建王朝的命运预卜。艺术不在长短，要紧的是洞鉴兴废，振聋发聩。孙氏和曹雪芹同代，他俩，一个因鸿篇巨制不朽，一个以寥寥百言长存。

转道奔大理。大理是一脉苍山，苍山的韵致，在峰顶的积雪，冷冷的雪冠，叫蓝天一衬，轮廓立马清晰，转而白云一拂，越发添了生气，再叫阳光一泼，金芒万丈，争奇炫诡，猝然不可逼视。大理又是一泓洱海，山的倒影映在水面，上下就是两重天，鱼网旋而弗破，涟漪荡而复拢，而且看上去，水里的景致，要比岸上的更逼真，也更清晰。站在游船上看苍山，并不是所有的峰都有资格银妆素裹，它们也要参与竞争，成败系于咫尺，往往一肩之差，就划分出黑白分明的两种世界。站在船头看洱海，但见波光粼粼，细如苇席，齐齐楚楚地一路铺向天边——对，不是檐瓦状，也不是鱼鳞状，而是我从小最为熟悉的那种苇席的纹路。成语有"幕天席地"，如果我是泊在岸边的渔舟，我就要说"幕天席水"。

"大理三月好风光，蝴蝶泉边好梳妆。"高一那年迎新晚会，一位金嗓少女的曼唱，撩动多少怦怦跳的向往。而今，那位少女大概已迈入祖母的行列，影片《五朵金花》的主角杨丽坤也已香消玉殒。但是，蝴蝶泉仍然冷冷淙淙；临池照影，你就印在了清澈的池底，那几粒圆润的卵石，正好装点了你的笑靥。池边的蝴蝶树，也仍然蟠身矫首，曲臂入池。徐霞客说其"发花如蛱蝶"，吸引"真蝶千万，连须钩足，自树巅倒悬而下，及于泉面，缤纷络绎，五色焕然"。那指的是春暖花开，冬季无缘得见。勉强寻觅，也就三五粉蝶而已，且不成群。不过无所谓，心驰胜过目赏，生命的大欢喜，就在将一树秋叶看成三春繁花。

"不到长城非好汉！"诗人心目中的长城，只是借喻，并非确指。"没有到过大理，就等于没有到过云南，而没有到过三塔，又等于没有到过大理。"这里，老百姓惯用的归纳，强调的是主体的象征性、唯一性，你非去不可，你别无选择，除非你属意遗憾。我就是从老百姓的欣赏角度，走近大理三塔。三塔鼎峙，三枚永镇山川的神针，大写意地别在黄昏的衣襟。它们一直在这儿等我，等老了唐朝，等散了宋元明清，日月轮流眺望，云霞的火把灭了又燃。毫无疑问，它们还要这样一直等下去，等我之后的后来者，等不速之客外太空人的足音。尤为令我感动的，是脚下的大地一怒再怒，一震再震，三塔始终岿然不动。匆匆的，在它们期待千年的目光中，我一路吐纳着前人、今人的咏叹，偶尔也立定了脚跟沉吟，并没奢想彻悟多少学问，神领的，只是一方古域的高标风骨。

哦，丽江！人们都赞美你的四方街，你的东巴象形文字，你的纳西古乐，而我却只想复述一则新闻和两位人物。新闻说：1996年2月3日傍晚，丽江爆发里氏七级大地震，第二天上午，新华社记者乘直升机前往巡视，让他肃然动容的，不是城毁路断的疮痍，不是家破人亡的悲辛，而是东一家西一户的纳西男子，在废墟旁从容走棋。两位人物：一个叫李霖灿，西南联大美术系的学子，求学期间，他到丽江写生，画着，画着，突然就扔掉画笔，改行研究东巴象形文字。李霖灿而后去了台湾，此公修"旁门"而成正果，如今是海峡两岸屈指可数的纳西文化大家。另一个叫王丕震，纳西人。早岁学习畜牧兽医，中年时乖运蹇，被岁月的冰窖冷藏，一搁就是二十多番春夏秋冬，复出后，他抖落满身的冰碴，以年过花甲之躯，埋头侍弄文学。据1999年12月版的《中国作家大辞典》载：王丕震 1985 年 63 岁时发表作品，至辞典截稿止，14 年间，已发表长篇小说、历史丛书、丛书共 80 部。平均每年近 6 部。折合字数，相当于每天 4000 多。啊，只要，只要吃透这两则故事，即便你从没打算一凌绝顶，我相信，玉龙雪山也会自动排闼而入，粲然落座于你的书案。

丽江的最后一日，登云杉坪。这是一个惊叹号，撑起所有游客的神经。坪坝踞于山腰，头上是皑皑的雪峰，脚下是嶙嶙的石壁，四周矗立着苍苍的杉木，中间铺展着茵茵的芳草，长年阳光如瀑，碧风如醑，鸟儿即兴鸣啭，花儿自在开放，这么一处弥漫着创世情调的殊方绝域，本该是亚当和夏娃的伊甸园，谁知却曾是纳西男女的断肠之乡。一行来到坪底，我突然决定放弃登临，在将要排队乘坐缆车的刹那。情感的突变难以缕析，总之，不登就是不登。纵然它是傲来国花果山、大荒山青埂峰，我也愿暂时把它屏隔在视野之外。

又回昆明。又见海埂。又入住桂花大厦。程序依旧，街心花园的木兰，已不是昨日的木兰，我，也不是昨日的我。依依惜别，《春城晚报》的吴然先生，送了我一副云子围棋；云南作协的汤世杰先生和欧之德先生，赠予我各自的新作《烟霞边地》与《丽江四方街》；雨后的世博园，给予我满腔的怡红快绿；西山北坡的聂耳纪念碑，激活我一段华美的记忆——1949 年，新政协筹备会征集国歌，征来集去都不理想，稍后，在一次有决定意义的座谈会上，画家徐悲鸿率先提出，干脆以《义勇军进行曲》代国歌，周恩来随即附议，梁思成也表态赞成，艺术家、政治家、科学家的灵感，刹那间为一脉，不，为一曲贯通；而高嵌于绝壁的龙门，则如本文开篇所述，赐予我一副想象的鹏翼，抟扶摇而上，背负青天，俯览城郭，游行霄汉……迨至今日，当我在键盘上敲敲打打结构这篇游记，心猿仍伴着快乐的光标，在云山梦水间纵情蹦极。

给我一点黑——普者黑

普者黑是另一种光谱：清晨，当日头喷薄东山，亿万支齐刷刷的金箭驱散雾霭，西山顶倏地架起一弯长虹，南山、北山揉揉惺忪的睡眼，一个伸腰展臂——漫坡绿叶一抖，将露珠化作亮晶晶的细雨，随风漫过村寨，漫过林莽，漫过湖心，而突然，一尾金色的鲤鱼哗地凌波跃起，惊得一群褐色的水鸟四散逃遁，正愣神间，碧澄澄的湖底又平行映出两条彩练，你急忙仰起了头看，在赤橙黄绿青蓝紫之外，更有一晕牙白，一晕酡红——宛如从千顷荷田借去了千缕彩线。

而昨夜又是怎样一番泼墨：淡月疏星，山影如魅，林非、雷抒雁、舒婷和我，与导游分乘三叶扁舟，款款穿行在湖心。两亿七千万年前，这里曾经是大海。亿载沧桑，着我们拨开历史的层波叠澜，追寻先祖的踪迹。据当地县志记载，清朝道光年间，此地始建邱北县，明朝溯至两宋，隶属于维摩部落，唐代，是南诏大理国的天下，两汉及秦，为夜郎地盘，春秋战国，附属于楚，再向上溯，在夏禹和尧舜之前，在伏羲和女娲之世，此间就有古猿人繁衍生息。年湮代远，地奇天诡。啊，难怪这夜，黑得如此深邃，如此幽玄，如此神秘。水泱泱兮山魆魆，揽星月兮怀古人。夜风中，有雷抒雁的谣曲从旧石器时代传来，坐在我对面的舒婷却似听未听，她是在独吟洪荒？还是在试制新诗？

而前晚又是怎样的一幕火树银化：篝火映亮竹林，灯光邀来繁星，平坦而宽阔的场地上，彝族同胞为我们表演民族歌舞。演员分老中青三代，年长的在70岁左右，年幼的也就五六岁。观其水准，王剑冰猜测是州以上代表队，而余秋雨以其戏剧专家的老到，从个别演员身材略微偏矮着眼，判断是县一级代表队。县委书记李国安在一旁搭腔："哪里，这都是村里的群众演员。"余秋雨下意识地取下眼镜，拿绒布擦了擦，还好，总算没有跌落。最后一个节目，是演员和观众携手共舞"阿细跳月"。跳着，跳着，一声哨响，冷不丁就有人从背后伸过手来，给左颊抹上一把锅底灰，你还没明白是怎么一回事，右颊又热乎乎地挨上了一把。一场突如其来的"抹花脸"活动开始了，场上你抹我，我涂你，嬉闹追赶，乱作一团，也笑作一团。——彝俗以黑色为吉祥，"抹黑"，在汉文化中表示"丑化"，在这儿却是"青睐"与"祝福"的同义语。

是日上午9点，一行人出发登山。雷抒雁、舒婷打头，我与林非殿后。山名青龙，与其说是取自风水学的老套，莫如说是喻其葱郁而逶迤的外形。仰观，峰峦耸翠，积岚沉雾。循山径拾级而上，两旁古木荫天，幽碧如浸。间有阳光自空隙处筛下，叮当有声，啊，不是阳光在弹奏，是啄木鸟，是山泉。"山路元无雨，空翠湿人衣。""蝉噪林逾静，鸟鸣山更幽。"青龙山之胜，不仅在翠，不仅在幽，更在于登高凌绝，纵目远眺。瞧，这当口，湖泊在云下，莲田在云下，普者黑村的灰墙黑瓦在漠漠青霭之墟，隐隐翠微之乡。万象交乎胸臆，仙境纵其一瞬。啊，我们千里迢迢来此采风，不就是为了一睹人间胜景么？如果说有什么世外桃源，那么，眼前就是。盛世是什么？是化外洞天訇然向红尘敞开？是红男绿女踏破铁鞋四处寻觅的蓬莱？是先民的遗泽化作了虹霓？是后辈的垦拓再现古老的伊甸园？

转道下山，正值千年古渡。一船又一船的游客摩拳擦掌地从码头出发，这是战云密布的航道，是现代版的水泊梁山。满腔的亢奋与冲动，交付热辣辣的山歌，山歌抒发不尽的，统统交付于木桶和脸盆。但见两船相遇，一方发声喊，以迅雷不及掩耳之势，兜头泼过去一桶凉水。对方立马反击，湖面上刹那间桨拍浪涌，杀声震天。鏖战中，有男子嫌泼水工具"火力"不足，干脆纵身入湖，学浪里白条张顺，掀对方一个船底朝天。也有女子追随于后，一边游泳，一边以掌击波。彝民向有泼水节，如今已推广为常年不绝的水仗，置身其中，你会恍悟清凉清凉的涟漪，原来也是储满雷电，储满欢笑，储满色彩！我辈乘坐的小舟，赖有林非他老人家坐镇，一头敞亮的银发，不啻一篇凛凛的和平宣言，斥退了沿途虎视狼窥的好战分子，最终得以平安通过"封锁线"。然后，在湖泊分汊处，一个拐弯，径自拨开莲丛，去泽畔山根，探寻方外的奇洞异穴。

啊，普者黑在我们熟悉的语境和意境之外。你知道普通，普洱，普选，普雄，普通话，普陀山，普遍真理，普鲁士蓝，可是，你能说清什么叫普者黑？普——者——黑！三个绝不相干的汉字组合到一起，完全不讲道理，不讲逻辑，"普"得高屋建瓴，"者"得石破天惊，"黑"得霸道而又鲜活，灼亮而又俊气！

也许，在一个人心躁动、商潮滚滚的转型时代，能够吸引人眼球的，无论风景，还是商品，抑或文章，都应该注入另类思维的吧？

……告别邱北，告别云南，在返程的飞机上，我不无神往地想到：黄公望钟情浅绛，李思训偏爱青绿，梵高痴迷鲜黄，徐悲鸿崇尚浓紫。缪斯啊，如果你能垂青，就请给我一点黑——普者黑。

天涯海角

友人，在三亚机场外接我，着一套白色的休闲服，亮一副金黄金黄的微笑在太阳般彤红彤红的脸庞上。椰风抢过来，吻我的乱发，乱我的眼波，还有心神。那停车坪四周生命勃发的奇葩，黄的是雍容，红的是热烈，紫的是气派。还有纯白，如处子的心地。放眼更见洋洋洒洒无拘无束的绿，绿得荫天幕地，绿得浮光耀金，这热带、亚热带的火焰。漫野漫山的绿树，不，绿焰，在阳光下欢舞，如大地在尽情摇曳着千臂万臂。咯噔一个心跳，恍惚间，我似乎也成了天地间的一片绿叶。

此行是为了朝圣，朝拜天涯海角，附带也为了圆梦，礼拜第一流的阳光、空气和水。呵，天涯，你在车轮的前方等我，在终极意义上的哲学情思里等我，至少等待了三分之一个世纪。海角，你在汉唐文化的涛声波韵里唤我，在童年的枕上城市的缝隙流行的乐曲里唤我，几回回长涛拍岸，几回回如歌如诉。也许是受了你鼎鼎大名的震慑，往日总觉着你是特别遥特别远，就算百舍重趼，也难得跑一趟来回。如今真的来了，真的来了却又觉着出奇的近，两个时辰的波音客机之外，再加上十几分钟的车程。友人就笑笑地宣布：到了，咱们就在这下车。

斜斜地倚在一株斜斜的树干上，边饮椰汁，边披襟当风，接受天涯海角的祝福。喏，仰观青冥，天告诉我什么叫蔚蓝，蓝得神清气爽，蓝得沁人心脾，任悠悠浮云随长风变幻着苍狗。俯察绿水，海柔柔地叫人心醉，不饰白帆，不着边际，唯点点海鸥向簇簇的浪花觅诗。而空气，嗅着是清香，吸进是甘甜，抓一把，似乎饥可当餐，渴可当饮。畅然的爽、通体舒泰的爽和漫天漫地的爽将我诱入空灵、诱入忘我之境，我想立地变成一株椰树，借修长的叶片梳理长空，给四面八方的书斋、实验室、工作间送去习习凉风，哪怕是一丝丝，哪怕是一缕缕，要不就干脆化作一股清风，柔和在天地里，弥漫在空气中，与万物同呼共吸，与日月随影伴形。真的，与其在蛰居的内地饱受伪劣空气、阳光和水的腐蚀，不如在这里作一次浪漫的选择，也即挑战。

团体已经沿石砌的台阶踏歌而下。赶忙扔掉挑战，三步并作两步地快速跟上。这是一处公园式的通道，通道外是沙滩。一脚踩到沙滩上了，那么细，那么软。尤其是紧挨大海的一侧，潮冲潮刷，更显晶莹若膏，平滑如镜。于是乎脱去鞋袜，让赤足在上面印下一幅又一幅的杰作。回头打量，也自得意。蓦地，一队潮水盲目地、不识好歹地涌过来了，顷刻间荡尽作品，淹没脚背。才悻悻跳开，潮水又旁若无人、从从容容地退走了，沙滩旋又恢复太初的原始。你不觉得这景象十分熟悉？想从盘古开天辟地，潮新潮新潮潮新的总是这种沙滩艺术。慢，且莫虚无，纵然此间只留得一瞬，难说这一瞬不也体现了永恒？

沙滩上蹲踞着若干巨石。奇怪，是谁把一群史前的巨兽赶来这里？倘若它们是蹲在了昆仑山、天山、华山、泰山、五指山，则像道旁的野草一般平淡无奇。唯独蹲在了这里，便成了天造地设的极品，不，绝景。上指昊昊苍天，下临滔滔沧海，因其峥嵘，而显示五岳千山的亲缘，因其藐藐，而凸现百代千秋的澧漫。感觉上，任何人走到这里都得折身反转的了，因为你已来到天地的尽头，你再不能向前多迈一步，除非，你拥有舟楫，拥有另一种代步工具。海角，在人们认识的空间网开一面。要我说，引千秋游人驻足低徊的天涯，全因有了这数柱顽石才灵光激射；惹历世渔家秋水望穿的地角，皆因有了这庞然镇石才回肠荡气。

　　友人提议去沧海中的小岛一游，群情随之雀跃。当即租下一只小艇，兴冲冲弃岸登舟。舱内狭窄，众人将就着挤作一堆。舟行甚速，激起的雪浪劈头盖脑打来，未几回合，人人衣衫尽湿。有勇者自愿坐镇船头，以肉身为众人竖一道屏障，虽遏制不了海龙王的神威，倒也在心理上给人一种同舟共济的英迈。龙颜想必盛怒，又一个恶浪扑来，镇前者突然手忙脚乱，疾呼不好，不好！殿后者下意识地随手一捞，觉有收获，擎起一看，是一副眼镜。细瞅，正是从镇前的勇士脸上抓落的。众人欢呼鼓掌，齐说好运气。再一细瞅，糟了，镜框间仅剩得一只镜片。龙王毕竟不好惹，那一只镜片，眨眼就交了买路钱了。

　　远远地见一只飞鱼亮亮地跃起，在海空划出一道优雅的弧线，须臾，又潜归龙宫。

　　远远地有数只海鸥掠掠地飞来，绕着小艇盘旋。显然，见惯了人，并不畏怯，却又不予亲近，始终保持距离。

　　小岛在即。众人你搀我扶，奋力跳上沙滩。

　　可怜立足未稳，便陷入小商小贩的重围。另一种意义上的小商小贩，清一色的童子军，年长的，不过七八岁，年幼的，只有四五岁。篮里装的，手里举的，都是些劣等货，最低档次的珊瑚，第八流的贝壳。起初，谁也没把他们放在眼里，随便搭讪两句，就想拨路前行。哪知娃娃们操练有素，骁勇无比，你简直是不能搭话，一搭话就休想脱身，更不能看货，看了就非买下不可。众旅友左冲右突，且战且行。百步外抵一食亭，此时已是午后两点，一行人腹中早在响鼓，于是乎欣欣然入内就座。酒家递上菜单，多为虾、蟹、螺、贝等正宗海鲜，且特别强调，都是从海里现捕现捞。待会儿才知道，说是现捕，其实是早已捕好，笼装在海底养着的。商点既妥，酒家便着了泳衣，下海捞起铁丝笼，一一取了所需，交我们当面过目，然后才付与厨下烹调。你瞧，海真无私，不仅为人类准备好了收获，还捎带提供天下第一等的仓库。而人，又为大海提供了什么呢，除了饕餮性的侵略？我想。

所以说海涵。也唯有大海，才最能具备、最能体现出大肚包容。

说话间，娃娃推销大军早把食亭围了个水泄不通。伯伯，买我一个！叔叔，买我一个！伯伯——叔叔——细臂戟立，戳得人心疼，童音婉转，叫得你心酸。内中有一男孩，看上去五岁不到，手里捏着一只又小又破的螺壳，也在跟着有节奏地吆喝。这么小的娃娃，便也受了商潮的裹挟？怜其天真未泯，定定地多看了两眼，未曾想，小男孩转与我四目相对，立刻中气十足地大嚷：

"叔叔，叔叔！我叫你半天叔叔了，也不买我一个！"

恻隐之心萌动。翻检钱包，找出两枚五角硬币，轻轻丢过去。男孩居然不收，嚷说太少。问他要多少，答曰："五块！"

就那也值五块？觉得荒唐，掉头不再理会。

男孩沿栏杆爬进食亭，抱了我的腿："那就四块五吧！"一副大模大样。

哭笑不得，勉勉强强以四块成交。螺壳实在太次，随手丢在脚旁。权当捐给希望工程呢，自己安慰自己。

餐毕，螺壳不见，也不当一回事。一行人沿弹丸小岛草草转了半圈，过足了到此一游的瘾，这就要打道回府，不，回陆地了。眼角一瞥，却见小男孩跌跌撞撞地跑来。近得身，气喘吁吁地伸出手："叔叔，刚才那个坏了，给你这个。"说罢，递给我一只漂亮的大海螺。又问："叔叔，你什么时候再来？"

这你问我，我又去问谁？孩子，你哪里知道，我为圆此行之梦，足足等待了多少年。一时无以作答，我机械地举起相机，咔嚓，给男孩留下一个特写。再见，我的天涯之外的小天使。再见，我的海角之外的新大陆。挥手告别，怅怅登舟。待船行出老远，犹见男孩晃着小手，像晃着一片绿叶。又是绿叶？呵不，那不是男孩，那就是我。在生活的大海面前，如一位哲人隽语，我辈，充其量也不过是一个在沙滩上捡拾贝壳的小男孩。而那个小男孩，此刻，倒是已站在了船上，正在向浩浩与茫茫适航。

谒 乾 陵

运神,那情那景历历在目,剥开时间的金箔,却分明已定格于前天——前天上午,在太行山麓一户农夫的地头,带着仿佛窖藏了千年的温馨,热眼看一位少年起劲地刨白薯;而现在,摇身一晃,却已站在了千里外的乾陵。

乾陵依傍梁山,梁山秀出乾县,乾县舒展于三秦大地,三秦大地横卧在历史的中流。历史曾对这方黄土特别厚爱,松软的土层下,吸纳消化了无量度的辉煌。走着,走着,你只消用脚尖在地面轻轻一踢,便能触及文明的碎片。难怪陕西人炫耀:"随便一镢头下去,就可能是一个震惊世界的考古发现。"

乾陵埋葬着武则天,盛唐奇迹创造下的绝世女皇。陵仿唐长安城格局,周长80余里,巍巍乎大哉,要从空中俯瞰,才能窥悉全貌。陵里合葬着唐高宗李治,并拥有陪葬墓17座,分别为章怀太子李贤,懿德太子李重润,义阳公主,永泰公主,新都公主,等等。

乾陵埋葬着文化文明的坚果,在这里,实与虚、虚与实已搅和在一起,无法分开。你看,它遥对了黄帝陵园,禹王庙,龙门,丝绸之路;呼应着法门寺,半坡遗址,楼观台,兵马俑,华清宫……既因以自炫,也得以风光一个古老的民族。连武则天的对手,也从此得到力与光的反弹。譬如,骆宾王讨伐武曌,失败是失败了,但他的一句檄文:"试看今日之域中，竟是谁家之天下？"仍是千古有声。

武则天名"曌"。当初，苍颉并没有造下这个异字，是她自己独创，取其日月经天，光明普照之意。她很自视、自重、自夸。然而，她死后的碑上，却不刻一字。

这碑就耸在陵的左侧，绝对的高大、凝重。虽然后人在碑身涂满了鸦迹，喋喋于对李唐与武周的褒贬，但仍无字；谁走到它的近旁，都要仰起脑瓜想一想，就因为它无字。无字碑，惹出了后人经世不绝的掌声与嘘声，但它永远不答一字。历史就是这么昭示的。不管当初立碑时是出于一种什么背景，此碑无字胜似有字。

碑的斜对面，栽有六十一宾王塑像。塑的是当初61个外邦的特使，及少数民族的首领，令人想见八方来朝的中原威仪，浩荡唐风。今均无头。游人多有将脑袋搁在塑像的残颈上，摄影自娱的，就像相馆里的男女，常借用古妆、洋妆的人身拍照那样。无头塑像仍忠于职责，默默地为万世守陵。有头是写实，无头也是写实。这就是历史。

郭沫若考证陵里埋有王羲之的《兰亭序》，敢问无头塑像，知否，知否？

陵前的司马道两侧，华表、石马、石人之丛，群群簇簇的村妇，老少掺杂，正卖力地兜售锈蚀的古钱币。奇怪的是，妇人的脸面，都似蜿蜒着风沙的蚀痕。仿佛她们都是从历史隧道的那头走来。岁月无情，岁月有痕。怆然想起飞机进入秦地上空后的一瞥，一座又一座的原或塬，苍凉、苍茫、苍老。也许古老的不再喜欢闹腾，厚实的都偏于宁静，香熟的就显着老成，也许。

紫光买来一堆喷香的烤白薯。每人分了一只，还有多，他搁一只在无字碑前，说让武则天也尝尝。

山村音乐会

时间，农历八月十四；地点，陕北吴堡县辛庄村，经济学家张维迎的老家。

下午3点，维迎陪我在峁上洼里转了一圈，回来，在窑洞门口，他和父亲商量，要招待我听戏。听戏？我在脑海里急速打转，揣摸不出是什么场面。须臾，来了一位拉二胡的，维迎的本家叔叔，大号张建其。稍后，又来了一位拉板胡的，维迎的四姨夫，姓李。两位皆不识字，曲谱全凭脑记。加上维迎，他以茶缸当木鱼，以竹筷当木锤，这就组成了乐队。地点，设在正窑。环顾室内，听众也者，除了我，就是维迎的老父，但见他坐在一把原木椅上，翘着二郎腿，笑眯眯地，端着杯茶，不，酒，啤酒——那颜色和绿茶相似。演员呢，在这山窝窝里，能请到谁？正在胡思乱想，维迎的父亲开腔了，他报了首《绣金匾》，吩咐乐队奏过门……闹了半天，原来是张老爷子亲自上阵——这礼数太高了！这结局太出我意料了！

老爷子并未起立，甚至没有放下酒杯，只是收起二郎腿，挺起胸脯，唱：

正月里闹元宵，金匾绣开了，
金匾绣咱毛主席，领导的主意高。

> 二月里刮春风，金匾绣的红，
> 金匾上绣的是，救星毛泽东。
> ……

老爷子一开口，顿使我刮目相看……维迎的父亲，大号张福元，1931年生人，今年77岁，个儿和维迎差不多（年轻时略高），光头，长圆脸，下巴微翘，着深蓝T恤、蓝裤、黑皮鞋……演唱间，满脸笑纹，神采飞扬。

一支唱罢，接第二支——《三十里铺》：

> 提起个家来家有名，
> 家住在绥德三十里铺村。
> 四妹子爱上了三哥哥，
> 他是我的知心人。
> ……

昨天下午，在从太原至吴堡的路上，听同车的冯东旭讲，《三十里铺》中"四妹子"的原型人物叫王凤英，他多次采访过，今年82岁，仍然下地劳动——陕北民歌多半产生于实际生活，是用老镢头刻在黄土高坡上的音符。

我生来五音不全，于歌唱是门外汉，听张老爷子的行腔，看他的风度，不像生手，颇似训练有素。关于张老爷子，我其实是"有限公司"：只听说他12岁丧父，母亲改嫁，从小没念过书，人颇精灵强干，年轻时当村干部，一直当到七十四五，这两年，才从党支部书记的位置上退下来。村书记当到七十四五，相信在全国，也是不多的吧。可惜不识字，要不……

张老爷子唱完最后一段:"三哥哥今天上前线,任务派在定边县,三年二年不得见面。三哥哥当兵坡坡哩下,四妹子崖畔上灰不塌塌,有心拉上两句知心话,又怕人笑话;有心拉上两句知心话,又怕人笑话。"这当口,维迎的大姐进来,替父亲续茶,老爷子摆摆手,说明杯里是啤酒。

老爷子呷了两口啤酒,清清嗓子,示意继续往下唱。是酒精的作用,抑或是兴奋的缘故,脸上泛起红光,一漾一漾的。这回,唱的是《赶牲灵》。这是陕北民歌中的精品,创作者叫张天恩,本身就是赶牲口的——也是昨天,在太原至吴堡的路上,东旭曾一个劲儿地给我"布道"……东旭说,张天恩是吴堡张家塌人,从小爱闹红火、爱闹秧歌、爱唱陕北民歌,爱到如痴如醉的地步,他可以不吃饭不喝水,但是不能不赶热闹不唱歌……张天恩是天才的艺术家,是吴堡的骄傲,是他把李有源的《东方红》最早唱到延安,把《赶牲灵》唱到全国……且听张老爷子的歌声:

> 走头头的那个骡子哟,
> 三盏盏的那个灯,
> 哎呀带上得那个铃子哟噢、
> 哇哇得那个声。
> ……
> 你若是我的妹妹哟,
> 招一招那个手,
> 哎呀你不是我的妹妹哟噢,
> 走你的那个路。

陕北民歌落脚点多在一个情,宜于年轻男女在空旷荒漠的山峁上扯起嗓子宣泄,如今从年近八十的张老爷子嘴里唱出,本身就是非凡的幽默，待唱到"你若是我的妹妹哟，招一招那个手"，老爷子的手也高高扬起，一挥，再挥，目如闪电，四下传情。

三支歌罢，门外一位汉子叫着"好"，掀帘而入。维迎起身介绍，来者叫霍东征，是他小时候的同学，极富文艺天才，他当返乡知青时编过一出戏——《会场一角》，就是东征主演的，东征后来上调到县文工团，这几年，跑生意了，开车拉煤。

东征是县里的专业水平，表演起来，自有大家气概。他唱了几首晋剧、眉胡剧，高亢清亮，响遏行云，烤得人热血涌翻，荡气回肠。可惜我听不懂词，只依稀咂摸出那类似秦腔的几分雄浑，几分苍凉。

演唱天擦黑而散。

我问维迎："你爸爸是乡里的歌手吗？"

维迎回答："听妈妈讲，爸爸结婚前爱闹秧歌，结婚后，就再不唱。我在家那么多年，未听他唱过，只是这两年，听说他偶尔喊几嗓子。刚才我和他商量演戏，也是说请东征来，没想到他先自唱开了。"

维迎的大妹提供了一个细节："还是很小的时候，一次，我听见爸爸在梦中唱歌。"

"你说清楚，是你在做梦，还是你爸爸在做梦？"

大妹回答："是我爸爸。那天他睡得早，我听到炕上有人唱歌，以为他没睡着，再看，爸爸一边唱，一边还讲梦话。那是我第一次听爸爸唱歌。"

《西行漫记》的作者斯诺说："走向陕北，才知道什么是真正的中华民族文化。"今天在窑洞听张老爷子唱歌，真正让我大开眼界。我想到京城，年年都要举行春节晚会，年年都是看惯了的老面孔，听惯了的老歌子，何妨换一换套路，比方说，也上一些原汁原味的不要包装的乡村演唱，也让张老爷子这样的地地道道、货真价实的农民歌手登台——土是土点，管保别有风味！

走过大地湾

一

出天水城，向北行驶，沿途皆标准公路，宽阔而平坦，间有高崖崩塌，造成短暂停车，雨后的大西北，此乃题中应有之义，不妨事的，现场转瞬就会清理完毕，继续通行。唯道旁之景色，倏然变化，离城益远，浓黛益稀，裸岩泛滥，黄土触目，瞧着窝心，其余也没什么，比预想的强多了。须臾进入一处河谷，左边是山，右边是水，水那边又是山，天工开物，山川并行而不悖。忽见道旁指示牌，前方有一站是"街亭"，一个激灵，想起马谡失街亭的往事，也是憾事、恨事。马谡充其量只是足球博士，让他指挥球队，和功勋教练司马懿对垒，焉有不败之理？这是诸葛亮的败笔："用人不当"！他后来也是这么自责的。说不清是史实，还是演义？马谡的失败反而进一步垫高了诸葛亮，一出空城计，千秋万代名。

大地湾在秦安，属天水市管辖，路不远，移时便到。估计驶过了大半程，河谷渐呈开阔，左侧有了人家，聚落而为村舍，右侧多了果园，清一色的苹果，个儿不大，色红，缀满枝枝桠桠，一棵树上结那么多果子，压得枝头几乎垂到地面。还是地心的引力强，不怕你能耐，成果越大,越要俯首谢恩。瞧那树下滚落了许多,风摇的,雨打的,熟透了自动离枝的……正想着糟践了多可惜,向导的车忽然减速,鸣响喇叭,通知前方出现情况,随即依次踩刹,泊在路边。"堵车了!"司机小李嘟囔。探出头看,乖乖,前面一辆接着一辆,堵成一字长蛇。也好,游客趁机下车方便。更有人大摇大摆走进果园,摘个果子解馋。这事寻常,没人问的。我是好奇,径直跑到前边瞧个究竟。堵车的根源,原来是水。水为溪涧汇聚,从上游来,在这儿打弯,拦腰把公路切断。河上本来有桥,大概年久失修,不济事了,干脆拆掉重砌。砌桥需要时日,交通不能中断,于是在上方,相隔几十米的地方,垒了一道土坝,供临时通行。这两日降雨,上游水涌,漫过坝顶,大卡车底盘高,勉强能过,小轿车嘛,就得找人抬。我瞅了半晌,费劲周折,才过完一辆货车。像这样等,不知要等到几时?司机小李也过来了,蹲在河沿树下,紧锁眉头,一言不发。又等了半晌,眼看日头偏西,才得乡人指点,说可以绕道,从左边村里走。于是纷纷倒车,后退数百米,觅得左侧小径,驶过卵石层叠的浅滩,爬上高坡,直插山脚的小村。一路坑坑洼洼,车如筛糠,好不容易绕到河的对岸,只要拐个弯,出得巷口,就接上正道了,偏偏这时又出了麻烦:巷口横着一条排水沟,宽逾二尺,汽车依旧过不去。同行有一位邻县的民政局长,他挺身而出,主动找巷口的一户村民商量,借他两块木板,架在沟上用一用。对方提出木板不能白用,要按车收费,每辆10元。这是明摆着宰客了,你局长官再大,奈何不是现管,无法,只好答应,10元就10元,赶路要紧。于是借得两块板子,将就架好,刚刚过得两辆,第三辆开到沟前,却停住不动,从驾驶座跳下一位汉子,长身而赤脸,厉声斥责收费。以为他只是替自己争辩,渐渐听明白,他说的是收费不合理,且有损本村的声誉。原先那位村民见状,赶紧撤了木板,一溜烟躲往别处。事情又陷入僵局。后来么?后来自然是看这位汉子的了,只见他当街拦下一辆平板车,跳上去,风一般骑向村尾，片刻又风一般掉转头，送来两块长板，一行人这才借道成功。看表，为这一坝一沟，足足耽搁了90分钟。

一只苍鹰打高空俯冲下来，然后一个急停，悬在30米的高处，向前作轻盈的滑行——它是大地湾派出的使者呢，这精灵！

二

大地湾傲立于世的，是它的高古。

国内古文化遗存，按年头排列，安阳殷墟离我们最近，约3000年；偃师二里头稍远，约3800—3500年；广汉三星堆，约4800—2800年；余杭良渚，约5300—4300年；赤峰红山，约5500年；泰安大汶口，约5900—4400年；西安半坡，约6000年；渑池仰韶，约7000—5000年；余姚河姆渡，约7000年。再往上溯，就要数大地湾了，距今约8000—5000年，在新石器以来的文化链条上，仅晚于舞阳贾湖，比新郑裴李岗、武安磁山还要稍稍领先。

大地湾的核心是文化。遥想8000年前，混沌初辟，草莱未开，文字犹未孳乳，青铜尚未问世，炎帝、黄帝的传说还未结胎，尧舜禹的故事还要等上40个世纪才会口耳相传。但是，大地湾人站出来了。大地湾人采集、种植了最早的旱作农作物——黍，"民以食为天"，大地湾人撑起的就是天；大地湾人制造了最早的一批彩陶，那价值，不亚于后世的青铜白铁；大地湾的彩陶同时伴有十多种彩绘符号，有人认为是中国文字最早的雏形。有这三项最早，大地湾人足以在上古睥睨四方，傲领风骚。

步入陈列馆，我一眼看到的是一只陶制三足钵：敞口，浅腹，圆底，口沿外侧涂一道鲜明的彩带，大小相当于家庭常用的火锅。若问：它为什么是三条腿，而不是四条腿，六条腿，八条腿？这问题，你听了或许失笑，我却是极为震惊。三足而立，在我看来，这表示大地湾人的思维高度。老子有言："道生一，一生二，二生三，三生万物。"这段话，注家多以阴阳化合而产生万物作解，我则作别论：古人对数的认识，是始于一，进于二，而飞跃于三的。一是原始，二是进化，三是圆融。此钵凭三条腿支撑，说明当时的人们已经有了明确的数学、力学和美学概念。始祖父辈中，不，当时还是母系社会，应该说是始祖母辈中，正不缺少远古的爱因斯坦。

如果说，陶是步向文明进程的重要一环，那么文字，则是文明的载体和灵魂。陶和文字，在上古常常合二而一，试看"陶"字的金文，就活像了一个人在握着杵躬身捣泥。橱窗里展有一期和二期出土的陶符，看上去，和西安半坡出土的陶符极为相似，有些，甚至和今天仍在使用的彝文一模一样。更有甚者，其中一个"十"字型符号，又一个"个"字型符号，和我见过的印度史前陶文，竟然如出一辙。印度和大地湾相距万里，加之山阻水隔，交通不便，说上古人就有联系，未免牵强，但它至少反映了始祖母辈思维的某种特征，给专家们的研究留下更大空间。冷不丁地想起了郭沫若，他去世早，没能见到大地湾陶符问世，他只见过半坡的，郭沫若曾针对后者指出："刻划的意义至今虽尚未阐明，但无疑是具有文字性质的符号，如花押或者族徽之类……可以肯定地说就是中国文字的起源，或者说中国原始文字的孑遗。"郭沫若是公认的古文字学权威，他这番话，经常被人援引。笔者卑之无甚高论，只是觉得，大地湾的陶符，说是文字也好，说是符号也罢，与东部大汶口的陶符，决不是一个系统。

大地湾四期发现了宫殿遗址，这又创了一项国内考古之最。现场在一处山前台地，依山傍水，总面积达420平方米，分前厅、主室、后室、左右侧室与门廊，在5000年前的古代，绝对是崇乎奂矣，挺拔壮丽。主室足有130多平方米，那就是上古的大礼堂，地面由混凝土铺成，其化学成分、物理性能、抗压强度，都相当于今天的100号水泥。大地湾无疑具有王者气象。四期同时发现了绘画，这也是划时代的标志。年轻时，我在长沙待过，那里出土的楚国帛画，构图为人和龙凤的，曾轰动世界。这儿的画呢，资格更老，起码要早2000多年。5000多年前的古人如何尝试艺术？看，这是画在白灰地上的，长宽约等于四尺整纸，颜料为炭黑，效果似泼墨写意，图中，左右各有一人，似猎，似舞，装束、姿势皆不可解。你我都不能回到从前，只能以今人的眼光揣测古人的动机；揣测而难有定论，权且把它视作先民的《国风》。

在旅游纪念品销售部，同来的一位女作家买了一只人头形器口彩陶瓶。与青铜器相比，陶器天然属于母性，何况塑的又是一位小姑娘，脸庞呈瓜子形，五官清秀，额发齐整，瓶口设在人像头顶，瓶身绘有三列由弧线三角纹和柳叶纹组成的黑彩图案。这是仿制品，原件出土于1973年，据考，属距今5600年前的遗物。或许制造者也是一位身着花衣的小姑娘，这幅瓶绘，就是她灿烂青春的自我写照。

三

风水轮流转，古人的命运也逃不脱这规律。

且说20世纪初，神州掀起一股"疑古"思潮，三皇五帝固然归于神话，一笔抹杀，就连与尧舜并称、治水事迹家喻户晓的大禹，也被说成"九鼎上铸的一种动物"，也就是虫，这是著名的案例。到了"文化大革命"，岂独神话传说中的人物，历代帝王将相，英雄豪杰，大师大家，除极少数特例，都被"打倒在地，再踏上一万只脚"，誓叫"永世不得翻身"。谁知到了世纪末，改革开放，拨乱反正，文化搭台，经济唱戏，古代的人物，举凡有点知名度，且跟本地区有点瓜葛的，又都一古脑儿地被从故纸堆里请了出来，为他们立庙修祠，雕像勒碑，当作神仙一样地供奉。

　　天水供奉的是伏羲和女娲，这都是传说中的人文始祖。我们到达天水的当天下午，就被安排瞻仰伏羲庙，隔日又去卦台山，据说是伏羲创绘八卦之处。女娲，则另有遗址、遗迹，未及游览。20世纪末至21世纪初，天水已举办多次公祭羲皇（伏羲和女娲）大典，搞得轰轰烈烈，有声有色。说天水是羲皇故里，根据是什么？饭桌上，我曾向主人请教。答案可概括为：一、从文献，唐朝人司马贞在《补史记·三皇本纪》中说，伏羲生于成纪，据考，古成纪就在今天水一带。又，民间传说伏羲和女娲是兄妹，既然是一家子，籍贯当然也在一起。二、从考古实证，大地湾文化遗存，恰恰印证了羲皇故里的传说，不是捕风捉影，而是有案可稽。这是口头的说法，书面材料当会更加详细、严谨。在今天，人一旦有了某种魅力，即使是渺兮茫兮，谁也没看过，自然更说不清楚的老祖宗，都有可能成为天下争抢的文化符号。且看神州大地，目前打出伏羲、女娲牌的，或说是其出生地，或说是其活动区，或说是其安葬乡，不下数十家。抢个啥子嘛？谁都晓得，这不是单纯的寻根问祖，寄托情思，而是要借祖宗之灵聚拢人气，改造风水，振兴地方经济。老祖宗的担子委实不轻！因此，我纵然在学术上心存疑窦，也不便贸然启齿，好在我是来闲侃散文，不是考古探源，这档子事，还是客随主便吧。

　　归途，为了避免来时的尴尬，选择走另外一条线。那是盘山路，未修国道之前，是县乡的主要通道。山路崎岖，加之路面断裂，辙痕深陷，车子驶上去，犹如风浪中行船，前颠后倒，左摇右晃，像我这样的"二把刀"，还真不敢开。心想，这路也就几十里，忍一忍就会过去，姑且一边前仰后合，一边浏览都市难得一见的荒凉——荒凉也是风景。车窗外，裸露的山头，灰黄的坡地，断崖的枯藤，路边的野花，牧归的老汉，散学的儿童，骑摩托的青年男女，驾拖拉机的黑脸村夫，经夕照一番点染、美化，莫不别有一番风情。只是这画面不耐久看，看多了，看腻了，心底就起毛，想，这路有完没完，怎么还不到头？嗨，你越烦，它偏越无赖，正是"莫言下山便无难，赚得行人错喜欢。正入万山圈子里，一山放过一山拦"。简直是爬不完的山道，看不尽的荒坡。终于泄了气，索性闭目不看，不想。不看容易，不想可不行，自然而然地，又想到了大地湾。8000年前，大地湾一定是水草丰美、鱼鲜羊肥，否则，老祖宗不会选择在这一带安家。可是，几十个世纪过去，大地湾的文化却陡然没了下文（河姆渡、良渚、三星堆等，也都是如此），这真是莫大的遗憾。先民转移去了哪里，又是为何被迫离开家园？难道在5000年左右的上古，大地湾一带已沦为荒芜、荒凉，逐水草而居的先民，不得不扶老携幼，倾巢而出，义无反顾地迁徙他乡？难道……

后人只能慨叹：这是上天的重新洗牌。

洗牌远未结束。来天水这几日，在各种场合，听多位主人介绍同一则新民谣："三十年历史看深圳，一百年历史看上海，八百年历史看北京，三千年历史看西安，八千年历史看天水。"前面几家城市和年代，版本略有出入，末尾一句"八千年历史看天水"，则掷地有声，一字不差。显而易见，前面都是铺垫，末句才是重点。难为他们煞费苦心，编出这则"广告词"，这无疑是天水的"文眼"了。主人说完这番话，照例是很自豪的。我承认这创意不俗，它叫得响，令人闻之倾心，过目不忘。但是，凡事都有另外一面，三十年的深圳，一百年的上海，八百年的北京……如果让游客或投资者自主选择，他们会选择谁？毫无疑问，年头长短不是主要依据。游客也好，投资者也好，都是俗人，他们不会单纯把玩历史，他们更看重现实。现实是，他们在想尽一切办法改变环境，改变命运！听说这儿山区的孩子都很用功，拼命苦读，目的只有一个，就是考出去，去学知识，见世面，然后回来建设家乡、振兴家乡……

大地湾需要唤醒的,是始祖母始祖父辈横空出世、舍我其谁的气概,以及巧夺天工的灵慧……

远远地出现了一排房屋,是路边村。司机说,前边再拐一个弯,就接上了通往秦安县城的水泥道,路就好跑了。

啊,谢天谢地,终于走出了大地湾。

美目的天池

月下。林间。灯光与地毯铺出一方临时舞台。伊犁州的姑娘小伙即兴起舞,歌声震颤远山,响遏行云;余音袅袅,顺势扫落一片星斗。舞者热情奔放,歌者高亢坚韧。字幕闪出陌生的曲名:《刀朗木卡姆》。此刀朗不是彼刀郎,前者指维吾尔族的一支,后者为前些年一夜走红、风靡演界的歌手。刀郎的歌里有天池落日、大漠孤烟、雪岭飞瀑、荒原热风,但味道还远远不够浓烈,你来新疆,最好听当地人从戈壁腹心迸裂的歌,霹雳夹杂闪电的歌。歌声使林木摇曳,鼓掌喧哗。歌声使我脱胎换骨,返老还童。我纵步加入狂欢的行列,手之舞之,足之蹈之,眼波与眼波流转,灵魂与灵魂蹁跹。

一曲奏罢,有女郎请我至幕后饮茶。捧上来的是碗,不是杯,碗里盛的也不是那种咸中带甜的马奶,而是清洌爽口的碧螺春。女郎深衣广袖,乌发高髻,说的是汉语,尾音上卷,带有浓重的哈萨克或维吾尔腔,瞧上去面善,似乎在哪儿见过。

"哦,你是细君女士。"灵光一闪,我突然想起,两天前,在新落成的公主馆,我俩还握过手。

"你叫我什么?细君女士。哈,我太高兴了。"女郎双手翻转,平撑桌面,做了个左右移颈的动作,转而笑道:"两千多年来,人们一直叫我公主,什么江都公主、汉家公主、乌孙公主、细君公主等,烦死了,仿佛我永远是个长不大的女孩儿。你刚才叫我女士，真新鲜！我喜欢这称呼。"

"我不光叫你女士，还要叫你老乡；你老家江都，我老家盐城，两地相差不过百把里。"说罢，我也学她刚才的样子移动脖颈，哇！这下丢人丢大发了！脖子犹如钢浇铁铸，一动不动。

"噗——"，女郎一口没有笑出，眼底忽然有了泪花闪烁。

老乡见老乡，两眼泪汪汪？

哪里。女郎说呢："不提老家倒还罢了，提起老家令人痛断肝肠。你知道，我的父亲是汉武帝的侄子，世袭为江都王，他老人家对朝廷有意见，联络了一帮官员准备谋反，事情没成，倒让朝廷来了个先下手为强，结果，我小小年纪就失去父母，孤单一人，被送到长安后宫，在受猜疑受监视的环境中长大。"

我深表同情："幸亏，你父母遭难时，你还年幼无知，属于可以教育好的子女。"

"朝廷不会白养我的，"女郎把一碟葡萄干往我面前推了推，接着说，"正因为有这种背景，当张骞从西域回来，策划拉拢乌孙共同抗击匈奴，武帝就加封我为汉室公主，让我下嫁给乌孙王。"

"你是汉王朝长驻乌孙国的和平大使，对推动中原与西域的交流，促进中华民族文化的形成与发展，功不可没。"我以茶代酒，向她致敬。

"这是你们后来人的评价了。想当初，我的觉悟可没有这么高，日子着实难熬。"女郎敛眉蹙额，黯然神伤，"你们男人搞政治，动不动就拿我们女人作筹码。"

"你难道不高兴？"我从桌旁拿过一只手鼓，"咚"地敲了一响，这动作未免太大，近于责问。

"你说我怎么高兴？"女郎抬头，翻腕，中指向外轻轻一弹，"你想呀，一个妙龄的南方女子，嫁到天苍苍、野茫茫的西陲，人生地不熟，满耳都是异族语言,满眼都是异域风光,吃、穿、住、行,哪一样都别扭,如何能过得惯?如何能不想家?"

"设身处地,将心比心,那担子是太沉重。"我想到了继她之后出塞的王昭君,想到了诗圣杜甫的追念——"一去紫台连朔漠,独留青塚向黄昏。"

"那日子,几乎可以用'以泪洗面,强颜欢笑'八字来形容。唉!"女郎欠身,为我续茶。忽然——这是我无论如何也想不到的——女郎从脚旁抄起一把琵琶,不待邀请,便自弹自唱了起来。歌名《黄鹄歌》,这是她的成名曲,也是她的保留节目:

> 吾家嫁我兮天一方,远托异国兮乌孙王。
> 穹庐为室兮旃为墙,以肉为食兮酪为浆。
> 居常土思兮心内伤,愿为黄鹄兮归故乡!

刹那,绵绵滚滚的阴云密布四周,大孤独,大忧伤,我像暴风雪前被人扔在荒原上的一只羊羔,在每一粒顽石每一蓬枯草间拼命追寻母体的气息。

正是这首歌,尔后被史官班固录入《汉书》,录入一咏三叹、哀怨悠长的乡愁碟片。话说当初歌儿传到京城长安,传入汉武帝的耳朵,皇上也被愁绪打动,对她满怀怜悯。但是,怜悯归怜悯,政治永远排在第一,汉武帝派人携厚礼前往乌孙慰问,同时勉励她以大局为重,扎根西域,不负王命。

一曲歌罢,无人喝彩。我望着她,她望着我,四目相对,谁也不知说什么好。冷场。僵局。

于是,我又想到了昭君……

"喂,你为什么总拿我和昭君相比,我和她不是一个档次。"天!神了！她的一双秋水剪瞳，居然能看穿我的五脏六腑！

"你俩都是生活在西汉，又同样代表着朝廷和蕃安邦，怎么不是一个档次？"我漠然不解。

"这个？你且听我说。"女郎放回琵琶，整理衣襟，又浅浅啜了一口茶，才面向我，郑重开腔，"首先，我的故事发生在前，我是武帝年间人，昭君是元帝年间人，中间隔着好几代哪；其次，我是公主，昭君是宫女；再其次，昭君怀抱琵琶的马上造型——这是你们文人最为津津乐道的——也是为我首创，不信，你去查资料，唐人段安节在《乐府杂录》中明确指出：'琵琶，始自乌孙公主造'；嗯——啊，还有，昭君以及昭君之后所有传世的出塞歌、思乡曲，都不过是我《黄鹄歌》的翻版……"

说到得意处，女郎禁不住眉飞色舞。

"但是，你的名气没有昭君大。"我老实不客气地回敬一盆凉水。

"你说的是，她的确比我出名。"女郎平静接受，她又往我碗里续了点茶，吟吟地问："你知道这是什么原因？"

"问我？"我略作思索，故意逗她，"这是因为你名字起得不好。你想呀，人家昭君，'昭'，就是明亮，就是彰显，当然容易出名。而你叫细君，'细'，本身就是小，就是不起眼，自然难以出名。"

"那么解忧呢？"女郎反应敏捷，立马反问，"解忧是继我之后嫁到乌孙的汉家公主，她的名字靓吧，酷吧，新潮吧！解忧解忧，读起来上口，听起来爽神，然而，到头来还不是和我一样默默无闻？"

"这个……"我不得不认真对待。我说："你和解忧在历史上的名气不够响亮，自然和宣传有关，而宣传，又和政治有关。你俩都是出身于叛臣之家，令尊谋反不成，上吊自杀，解忧的祖父串连起'七国之乱'，图谋不轨，事败被处死。因此，在朝廷眼里，你俩只宜控制使用，不宜广而告之。"

"有道理，"女郎颔首，"请继续讲。"

"这里还有一个政治形势，即时代大背景。汉武帝时期，朝廷虽然数度发兵，打败北方强敌匈奴，迫使他们离开河西走廊一带，远遁漠北，但匈奴元气未丧，实力还在，仍旧控制着西域诸国，包括乌孙，因此，将你俩嫁到那边去，多少有点儿忍气吞声，委曲求全，难以启齿。到了元帝年间，情况就大不一样了。彼时匈奴已被汉朝慑服，纳首称臣，主动修好，和亲，就成了风光四海、彪炳史册的美谈。"

"你分析的很对，但你有没有想过，汉朝的政策，只能管汉朝，它左右不了唐宋元明清，更左右不了今天。"女郎显然是有备而来，谈话逐渐引向深入。

这当口，舞台那厢有女子喊她上场——纯粹的苏北口音，莫不是解忧女士？我想。女郎锐声应答："等等，马上就来！"

"明白。"我抓紧表态，"你是讲后人，尤其是今人，应该站在公正的立场上，给予二位应有的宣传。"

"是的！"

"可是，宣传需要故事，需要情节，以昭君为例，光是和画师毛延寿之间的纠葛，就给她带来无穷的广告效应。"我提醒她。

"故事谁个没有？关键在于挖掘。"交谈至此，女郎终于托出心思。"在这里，我要特地提到一个人，也是咱们的老乡，援疆干部，州党委副书记老俞。三年前他来伊犁，凭他特有的政治素养和敏锐触觉，很快就从浩如烟海的典籍中，发现了我和解忧的素材。承他搜求考证，刮垢磨光，然后牵头策划，上下奔波，历时两年，终于在伊宁市建成了汉家公主纪念馆。"

"敢情，前天，我正是在公主馆与你见的面。"

"俞先生是文学博士，"女郎夸赞，"他的特点是热情洋溢而又高瞻远瞩。在南京下关区党委书记任上，他根据辖区狮子山自朱元璋以来就一直'有记无楼'的史实,倡导、兴建了阅江楼。来伊犁后,公主馆之外,还规划、修建了江苏大道。这都是'盛世修史'的作派,不愧为当今的'文章太守'。"

"俞先生多才多艺,听说公主馆那些署名唐阿提汗的颂诗,也都是他写的。"

"是啦。唐阿提汗,是他在伊犁的别名,也是笔名。你还记得具体内容吗?"不待我回答,女郎便径自吟哦起来:

琵琶相伴车绝尘,江都公主嫁乌孙。
民汉融合万里路,八百年后有文成。

红颜骏马续春秋,百年战乱此时休。
万民爱戴汉家女,公主慈容可解忧。

我一边击节,一边欣赏。前一首写的是细君本人,后一首写的是解忧。女郎吟罢,说:"有缘千里来相会,人生讲究的就是一个缘分。卞先生,那天在馆内一见面,我就相信你也会帮助我。"

"我?让我帮忙?"我连忙摆手,"鄙人可不敢跟俞先生相比,他是大手笔。"

"你也有你的优势嘛。"女郎嫣然一笑,"你是散文大家,又是京城名记,晚会的主人早向我作过介绍。"

"嗯——好吧。"我被挠着了痒处,顿时热血狂窜,豪气干云,忘了自己姓天还是姓地。我说:"你是想上舞台,还是想上银幕?"

"我还想创建'细君、解忧和平文化奖'哪!"女郎大笑。"采取什么形式,是你自己的事,你看着办。"她说。"你不是想学新疆舞吗?待会儿我教你。"她又说。女郎起身,随手摆了个架势,昂首,挺胸,立腰。恰好这时，先前那位女子又连声催促，女郎一把拉了我，说，"走，咱们一起上场。"

音乐响起，奏的是《草原之夜》……

"这是草地，又不是游泳池，你双脚乱踢打什么？"夫人把我捅醒。

哦，正午的阳光晒得人太舒服了。不知不觉，我已躺在草丛中迷糊了一觉（估计也就十来分钟）。这是6月，这是伊犁的6月。这是高山牧场，这是赛里木湖畔。人在景点，心坠梦乡。广播里流淌着《刀朗木卡姆》，脑海里犹盘旋着《黄鹄歌》。歌声上天入地，歌声翻肠倒肚。往事越千年，魏武往矣，倩谁挥鞭？汉宫月，边地曲。戎马情，美人泪。——我在原地翻了一个身，摘去太阳镜，猛抬头，啊！哪有月，哪有林，哪有舞台，哪有细君？唯见，数米外，崖坡下，一湖碧水，满目云影……

我从身旁拿过相机，举起，对着旖旎而又多情的赛里木湖，迅速按下快门。你猜我瞬间想起了什么？

细君公主的一泓秋波。

美目的天池。

一只叫加勒比的酒杯

天老大，海老二，我是老三

高处风烈，况且无天棚，无遮挡，阳光自然也来得唐突放肆。这是十二层，这是一处圆形的高台。座椅凌乱，显然是热闹散场，人去台空。绕过半圈，呀，拐角处，撞见一对中年男女，男的，半倚在墙壁，赤膊，纹身，纹的是铁锚，戴着大号蓝光墨镜——这是很酷的点缀——迎着日光，手里捧着一本寸厚的书，不是休闲的道具，是真用功，啃读得津津有味。

女的，比基尼，俯身在大幅浴巾上，背对太阳，让阳光尽情热吻。我怀疑那背上的花纹，也是阳光的杰作，左边是一簇怒放的花，右边是我不认识的文字，似梵文，或印地文，墨镜、书——游轮上，边日光浴边看书的人很多，不稀奇——我感叹的是老外不怕晒、情愿晒、追逐晒，他们白得令人目炫的皮肤，却偏偏向往东方人避之唯恐不及的小麦黄、高粱红。

"手里拿着锤子的人，"马克·吐温说，"看什么都像钉子。"我手里拿着一支笔，到处寻摸的是值得书写的材料。女郎的右臂纹着一个符号，直觉是汉字，仅仅露出一小半，难以定夺。我不能走上前，那样太冒失。我又不忍放弃，这是一个细节，作家追求的就是细节。快快走下楼梯，总归心痒难耐，转了一圈，又转回来。她姿势未变，我择背阳处坐下，决心等待，等待她亮出右臂上的谜底。反正我手里拿着一本书，我在哪儿看都是看——你问是什么书，对不起，现在是度假，玩，还不是谈论学问的时候。

好奇心终于得遂，十二点，准时，他俩同时起身，是午餐的时候了，人再休闲，肠胃也不能不办公。我远远地瞅着，欣喜如破案得手的福尔摩斯——她右臂上纹的是一个汉字"马"。

斜坡状的塑料水池。海水从底部激射，向高处涌去。人站在踏板上，逆向而舞，与波峰浪谷共低昂，要诀是保持平衡。

我坐在船尾，我的角色是捧场，不论表演者技优技劣，一律卖力鼓掌。

运动惊险、刺激，游客争相下池体验，以男性为多，男性中又以青年为多。女性亦有，少，且限于少艾，她们展示的岂止是技巧，更多的是芳华，技高者如水上芭蕾，技拙者亦如广场舞。

这位先生年纪显然偏大，五十出头了吧，衬衫，短裤，金边眼镜，花白栗发，是学者的模样，儒雅有余，干练不足。管理人员知他是初试，反复交代动作要领。而后，他下水，站上冲浪板，扒稳脚跟，一推池边，顺势滑到浪尖，未及转身，哗地摔倒，被浪卷到水池高处尽头。爬起来，笑。跨出水池，摘下眼镜，甩了甩水珠，哈几口气，戴上，再次下水，站上踏板。

不出意外，他是接二连三地摔，愈摔愈笑，淘气的笑，不信邪的笑，自我鼓励的笑。其间，最成功的一次，左摇右晃，前俯后仰，居然不倒，足足挺立了半分钟，过了一把"弄潮儿向涛头立"的瘾。

餐厅里我见他眉飞色舞，向同伴大谈冲浪的刺激与乐趣，还做出摔倒的狼狈相——他的同伴是一位半老的欧娘，也透着三分学究气，不过，看样子是被他的浪漫打动了，我从她的碧瞳中分明读出了跃跃欲试之气。

坚持看完最后一部露天电影，直到屏幕用多种文字打出"晚安"。回头望甲板，仅剩稀稀拉拉十来个人。最近的两位，居然早就退出观看，合上眼皮，裹毯蜷躯而眠。

啥时入睡的，不晓得。

睡觉怎么不回房间，纳闷。

我自然要回我的房间，七六七二号，这是花了大把美金才租得的，不能浪费。

凌晨两点，一觉醒来，口渴，持杯到十一层自助餐厅门外取水，隔着玻璃长窗，隐隐瞥见甲板上仍然有人露宿。

甲板风很大。

夜间风更大。

且凉，是夜心特有的那种阴阴的凉。

绕出边门，远远地数了数，一、二、三、四、五、六……总共八位。

男女老少自然有别，露宿的大放松大惬意是一样的。

那一刻，想起少年时代的夏夜，在故乡，也曾在门外空地铺一张苇席，或者摆一条长凳，数着天上的星星入梦。

既然万里迢迢来到这儿——美国人的东南之南，烟水之乡，中国人的天涯海角——度假，就忘我地、投入地，回归一次少年吧。

我找到昨晚看电影的那把帆布椅，毫不犹豫地躺了上去——仰观星月，想起川端康成《雪国》中的名句："银河好像哗啦一声，向他的心坎上倾泻了下来。"今夜的银河并不明亮，但我分明听见了那哗啦声。

真的，不是海，是银河。

老伴发来手机图片——她已到了埃及，背景是法老博物馆——我是在牙买加登陆才看到的。她问我在船上的体会。体会么，哈哈：昨天在船上结拜了两个兄弟，天老大，海老二，我是老三。

我和我的化身

这个早晨，是从游轮十二层的塑胶跑道开始。一位金发老人，头上系着一条白布带儿，灰绿T恤（印着"7"号），火红短裤，橙黄运动鞋，打我身边跑过，腿脚迈动已不是很有力，看那形容，年纪不会小于我，快八十了吧。

一位黑大叔不由分说，拔脚跟了上去。

一圈之后，金发老人脚底加速，精神愈发抖擞。黑大叔想停（他的犹豫不决已在神态上表现出来），这时，忽然觉得背后如有鞭子在抽，扭头看，一个棕肤小胖哥，贴着他的屁股追。

动力源于压力，黑大叔被这一老一少夹着，身不由己而又欣然自得地跑了下去。

（早餐之后，游客在牙买加法尔茅斯上岸，直到傍晚才陆续返回游轮——我的观察得以从晚餐之后继续。）

三层，剧场。一银发女郎短打劲装，霍如羿射，矫若龙游，她的出手迅如霹雳，她的间歇酷似江海凝聚的波光。俄而，换了长裙出演，仪静体闲，衣袂飘飘，仿佛兮若轻云之蔽月，飘摇兮若流风之回雪——俨然从公孙大娘一变而为洛神。我是佩服，不过，我更佩服的是我自己，满场观众，只有我，娴熟这种穿越的技艺。

隔壁，艺术画廊一侧，搁着数部智能电脑，里面装着游客的活动照片,是游轮上的摄影师随机抓拍的。

你用房卡刷开,就能看到有关自己的镜头特写。

你若想要,付费就可取走。

一位美国来的华人老先生(餐桌上照过面,知他是从台湾迁美的),犹豫再三,买,还是不买,在他,一定和我一样,颇为纠结,毕竟智能手机兼具摄像功能,每个现代人,家里的照片都多得不知朝哪儿搁。

最后,老先生还是毅然付费。我想他买下的不是寻常那种刻意的摆拍,而是那种浑然不觉中流露的一份自然随意。

四层,赌场。一矍铄老外坐在推币机前,手持一杯,里边装的是作筹码的硬币,往入口一枚一枚地丢,利用后浪推前浪的原理,把落在平台上的硬币大军一点一点往前挤。这种挤压力当然是有限的,发明者为了引人入彀,预先设计了几种机括,当某一枚硬币恰逢节点,它就扮演了平台的不能承受之轻,从而引发整个硬币方阵雪崩似的垮塌——那坠落台面的硬币(包括我不明其来路的纸币),也就成了玩家的战利品。

五层,商店街。四位黑人男子在街头边奏边唱。张晓风说:"只要黑人一开口,连天使都要震动三分、退避三分。"黑人天生是音乐家、舞蹈家,他们一旦弹起来,扭起来,整个世界就成了他们的天下。两旁,一帮白人女子,从娇娃到老妪,也情不自禁地合着节拍手舞足蹈。更逗乐的是,一髫龄小儿,拉着妈妈的手,跳起双人舞。毕竟他太矮,妈妈太高,动作难免别扭。男孩索性弃了妈妈,转而搂着妹妹(至多两岁)的双肩转圈。

七层,图书馆。一位华人老爷子坐在前排,俯窥直达五楼的中庭——他像谁?慢,我当然清楚我心里想的是谁,是我《寻找大师》初稿中的一位角色,后来被我删掉了,这次(续集)正犹豫,补,还是不补,事涉两难。这话题有些复杂,且沉重,暂时还是抛开吧——这时,一个红裤绿衫的黑人小男孩,正举着望远镜,对着上方凝视。男孩看见了老爷子，男孩挥手，冲着老爷子大喊大叫。老爷子愣了一下，猛地回过神来，也对着小男孩，大声招呼"你好"。我知道他是徒劳，因为隔着厚厚的玻璃长窗，又隔着两层楼的空阔，那男孩根本听不到，但他的礼貌值得敬重。那一刻，他甚至想站起来，贴近玻璃窗，忽闻身后呼吸急迫，掉头，讶见一位黑人老祖母，正冲着男孩摆手——敢情他俩是一家，男孩的喊叫是应着她的手语。

尴尬？不，恍然，豁然，老爷子和老妇人四目相对，双方禁不住哈哈大笑。

十三层，迷你高尔夫。四个小男孩各霸了一根推球杆，东躲西溜，一个学会走路不久的小女娃，跟在后面边撵边哭。他们的爸爸快步走来，虎着脸。四个小男孩乖乖"缴械"。

小女娃得到一根推球杆，乐颠颠地返回场地，模仿大孩子推球，她力气太小了，线路又总是推偏，噘嘴，赌气，干脆拿手把球直接扔进洞里——她没想到，劲使得太大，惹得球也发了脾气，一反弹从洞里蹦出来。

走过去，是篮球场。爸爸妈妈教一对小儿女投篮。孩子短腿短胳膊，投出的球总够不到篮筐，但孩子每球出手，爸爸妈妈必发出由衷的欢呼。

轮到爸爸示范，我说"拍球"（在心里说），他拍；我说"上篮"，他陡地跃起；我说"中"，球应声入筐。

我笑，他也笑。

篮球场对面，是攀岩墙。三人同时出发，左边的女娃率先登顶，拉响表示成功的铃铛。居中的壮汉在高点不慎失足，功亏一篑。右边的男娃反复试足，不得要领，始终悬挂在原地。

末了来到十一层，这是游轮的主甲板。我的左侧，靠近船舷处，为吸烟区，尽有一些黑白豪客在喷云吐雾。留神观察，这里也是超级胖墩的聚会地，轮椅人士的出入场。往右，越过一排躺椅，是一长方形的泳池，救生员的白T恤上印着红得亮眼的大字"LIFEGUARD"。一个小女孩，穿着绿色的泳衣，在池边跳舞，马尾辫一甩一甩，额发，随风乱舞。水中有人喝彩，像是她的妈妈。再过去，是两个圆形的温泉浴池。左面的轮空；右面的，是祖孙同享天伦之乐。少年仰脖大喝饮料。老人目不转睛地盯着大屏幕：演的是人狗对话，人深陷某种研究，遇有不明白的，就请教狗，狗穆然正色作答。

没头没脑。我想，我需要上网查一查，弄清电影名。

随即失笑，查什么查，只要我想知道，他（影片主人公的扮演者）稍后自会来电话。

"吹牛吧！"读者您也许会说，"人家怎么知道你的电话？人家凭什么又要给你回电话？"

哈哈，这您就不知道的了。实话告诉您，今天，我在这游轮上直接、间接见到的芸芸众生，虽然国籍、肤色不同，年龄、性别各异，他们——都是我一而十、十而百、百而千的化身。

胡须，男子汉的第六官

游轮上，让我眼界大开的，一是胖子，二是胡子。

胖子，往往又兼胡子。胡子，倒未必是胖子。因此，胡子的数字远远大于胖子。

泼眼的胡子先生，我一个都不认识，却似好多人都曾相熟，都在哪儿谋过面——促使我产生这种幻觉的，是他们的髭须。

话说登船次日，清晨，在十一层甲板，我看到虬髯客在展示他的丰仪。他坐在风口，面朝大海，任海风吹扬一头长发。那发似乎要挣脱而去，飞向太空，但最终还是被他的头颅生生拉住。就这样，僵持着，胶着着，既显出长发的潇洒不羁，更突出前额的崭然特起。

稍顷，转过脸来，这才看清他是帅气的络腮胡，卷曲而又浓密，柔顺而又坚挺。文言文小说《唐人传奇》中，红拂女初见虬髯客，识得对方器宇不凡，主动与之结为兄弟。我初见当代萍水相逢的虬髯客，亦感叹其天生异质，英气逼人，主动与之合影。

走过去，见列夫·托尔斯泰和泰戈尔在对弈。我说列夫·托尔斯泰，是因为其中一位的大胡子，和传世的托翁形象颇为神似。茨威格曾如此描绘托翁的胡子："长髯覆盖了两颊，遮住了嘴唇，遮住了皱似树皮的黝黑脸膛，一根根迎风飘动，颇有长者风度。"托翁的五官生得有点尴尬，多亏了这"犹如卷起的滔滔白浪的"大胡子。我对托翁有特殊的亲近感，说出来你别笑，那是1966年春，我因患肝炎，和俄语系一位老师被隔离在北大三十八斋，从他那儿得知，托翁年轻时也进过喀山大学东方语言文学系，学的是土耳其语和阿拉伯语，由此，使我对误入东方语言文学系多了一分安慰。我说泰戈尔，则是因为另一位的大胡子比前者银亮，白发也比前者茂密，使我油然想起《飞鸟集》《新月集》中的作者肖像。

说到这儿，想起一件往事。中学阶段，学校图书馆曾临时转来一位管理员，听说是从县图书馆下放的。他沉默不语，喜欢搞点新鲜花样。比如，有次他在图书馆门外贴了十来幅外国作家的头像，称猜中者有奖。一般同学多不识，我一看，都是我的"熟人"，里边就有列夫·托尔斯泰和泰戈尔。奖励是什么，忘了，好像也就是可以进去随便翻书、借书。

言归正传。这是在加勒比海，倘若移枰俄罗斯的庄园，或印度的菩提树下，两位文豪闲敲棋子，绝对是一幅和平至爱的圣画。有人引述泰戈尔的名言："世界上最遥远的距离，是托尔斯泰和我泰戈尔的差距。"我没有查到出处，姑且定为创造。既然别人能创造名言，哈哈，我们也可以创造名画。——前提是，当今世界太需要这样的画面。

犹如，西洋人看中国人，怎么看都是一个模样。我们看西洋人，也是千人一面，难以区分。所以我就抓住胡须，这是男性在五官之外的第六官。

男人的胡须是气质的外露，是美感的加分。有人下颏短，山羊胡给它拉长。有人牙齿缺，上唇胡给它遮掩。有人眼睛细，两颊及鬓角的大胡子给它放电。美国第十六任总统亚伯拉罕·林肯下巴尖削，在他竞选总统前，有个十一岁的小女孩就给他建议：把胡子留长一点，这样看起来更帅，男人、女人都会给你投票。林肯从此就蓄起了连鬓胡。

曾经，我们的古人也是蓄须的。"身体发肤，受之父母，不敢毁伤，孝之始也。"这是有严格的约束的。胡子自然得大行其道。少时看《三国演义》，记住关羽，首先是他的美髯，其次才是他的青龙偃月刀；又画鲁迅先生头像，大惊诧大震撼的，是他的横眉和一字胡。

到我们这一代，胡须运交华盖，渐渐式微。大人物都不留胡子，瞅着利落、精神。等闲百姓，自然也视胡子为多余，为累赘的了（有蓄胡习俗的民族例外；近年，艺术家也爱上了胡子）。

记忆中，祖父、父亲留胡子，是胡须的末世。我在北大，几乎没见过哪位老先生蓄须，据说冯友兰是大胡子，我跟他没有交集。若干年后，见识文怀沙，他的年龄有争议，他的美髯应该没有疑义，根根是真的。

此番，登上游轮，顿觉进入了胡子世界。美国人体毛浓密，蓄大胡子者比比皆是。转了一圈，我上了十三层，见翊州和一帮小伙玩篮球。我从旁边路过，一眼瞧见了小号的哈登。哈登是 NBA 悍将，身高一米九六，寸发，长脸，蓄有下垂如婴儿兜嘴布似的连鬓胡。这位黑人小哥，他的发型、须型，明显是冲着哈登去的，他的崇拜不仅是嘴上叫唤叫唤而已，他用同样天赋的异禀，在腮帮和下颏上大大秀了一把。要是他再高几寸，形象就更加逼真。可惜身材矮了，止于一米七五、七六。

第三天，游轮在法尔茅斯靠岸。下船的时候，我盯上了前面走着的一位壮汉。我觉得他像海明威，不用说，是因为他长着一副兜腮胡——在胡子家族中，好像也只有兜腮一类，才能体现出男性的威猛。身高，海明威的确切身高，我不知道，估计在一米八三、八四，不能再矮的啦，矮个子将为兜腮胡减分。你瞧，眼前这位汉子，被阳光烤糊、被海浪漂白的茂密胡须，以及纵横如沟壑、如刀劈斧砍的皱纹，以及高大魁梧的身材，还有那双褐色的眼睛，和海明威何等酷似！热带的炎阳炙人，他索性脱了花衬衫，露出古铜色的皮肤和老鹰的纹身。如果他肩上再扛着一杆猎枪，或手里再拿着一根钓竿，我绝对有理由把他当作是《老人与海》的作者转世。

晚间回船。三层，剧场。台上坐了一帮主持人，有男有女，先是自我介绍，然后，围了某一话题，和台下的观众互动。我听不懂，正想退席，瞥见右前方一位大胡子，颇像帕瓦罗蒂。曾经，世界三大男高音，只有帕瓦罗蒂最好辨认，标志就在他的胡须。他在聚光灯下，用手帕精心拂拭长髯的镜头，已成了音乐史上的经典。其他二位，多明戈、卡雷拉斯，面光无须，缺乏个性，就很难记忆。

我重新坐稳，等待臆想中的帕瓦罗蒂转身。现场的节目，看不懂就不看，我就看人，看有待证实的当代帕瓦罗蒂（此君已于2007年去世）。或许他压根儿就不像帕瓦罗蒂，而像另外一个大胡子歌唱家。或许谁也不像，就像他自己。那样也好，在我的记忆中，他将定义为"在加勒比海游轮误被当作帕瓦罗蒂的大胡子"。

西餐中用

晚餐，我自作主张，改回游轮十一楼自助。

规定是在五楼，要求正装出席，程序按部就班，菜肴一律西式，勉勉强强忍耐了四日，总归老大不自在。

得知晚间自助餐厅照常开放，而且客人稀少，花色繁多，对我这个老式的中国脾胃，正是得其所哉。

更重要的，人在拥有选择权时，才有坚实的存在感。

我首先选定稀饭。形式，有点像熬麦片，比粥稠，比饭稀，按中国人的眼光，姑且定义为稀饭。虽然不正宗，不地道，但也差强人意。胃口是大半辈子养成的，一时半会儿改不了，只能安抚，不宜强迫。

倘若没有别的饭菜，只有稀饭，我也能对付。我是打这日子过来的，老马识途，老胃知趣，人在异国旅途，有稀饭糊口果腹，顶好顶好的了。

当然，能搭配一点小吃，如榨菜、腐乳、萝卜干、花生米之类，就更加心满愿足，快意如羲皇上人的了。

寻寻觅觅，终于发现了花生米。纠正，不是我眼睛发现，是它在叫我——我老远就听见了它狂喜的欢呼。知音难觅，并非限于人，物质也需要知音。

好了，有稀饭加花生米，你还有什么不知足的呢！

慢，断然放弃五楼的正餐，改回自助，面对琳琅满目、逶迤如龙的食柜，仅仅挑一点稀饭加花生米，未免太辜负造物的盛情，也太对不起大把撒出的花花绿绿的美钞——换您也会这么想，是不是？

拐过去，煎鸡蛋的盘旁搁的是番茄汁煮黄豆，煎鸡蛋我所欲也，煮黄豆也不想放过，据说这道菜是英式早餐佳品，老夫也要试一试——我从小就喜欢吃炒黄豆，现在人老了，牙不带劲，黄豆煮得烂熟，岂不正是瞌睡了送上枕头。

既有黄豆，就想到豆腐。豆腐是中国的国粹，滋养了中国人的胃和精神。西洋人懵懂，只知有黄豆，不知有豆腐。初登游轮的那天我上过当,看到蔬菜汤里半沉半浮着白色块状物,以为是豆腐。打上来,吃进嘴,方知是三文鱼肉丁。

说到鱼,随即盯上了鳕鱼块。我爱鳕鱼,它肉嫩、味美、刺少,当然,最好是红烧。西餐嘛,只晓得煎、烤、炸。嗯,炸鳕鱼也能将就,入乡随俗,嘴太刁了吃亏的是肠胃。

你看,我的中国胃并非那么古板,它也深知生活之妙在于变通。

稀饭有了,煮黄豆有了,炸鳕鱼有了,寻思还得来点干的,饱肚。

面包啦。从前,面包是高档食品,咱平常人家,见一眼都难,更甭提吃。现在此物普及,外国有的花式品种,吾邦也照单全收,应有尽有,虽未能击败馒头、包子一统天下,至少是平分秋色。

专家们说,西式面包多油脂多糖分,吃多了对健康不利。但也不能就此因噎废食吧,事属两难,权衡利弊,我弃面包而取了镶葡萄干的圆饼。我看中的是葡萄干,它的甜是天然的,不含化学成分。

稀的有了,干的也有了,那么,再来点水果,这不过分吧。

翊州随我改回自助。此时,他拿了一只苹果。我瞅着那玩意儿是整的,不好下口。

翊州又拿了一只橘子,我嫌酸,翊州说:"一点儿不酸,你尝尝看。"我摆手,酸是记忆中的,是贫穷年代、积弱胃囊加劣质柑橘留下的创伤,如今只要一提到橘,胃就本能地反酸水。

我选了哈蜜瓜片,爱其脆。

又选了西瓜片,喜其爽。

香蕉,拿起又放下,不是不好,是嫌其饱人。

这些日食得太多,我想我应该控制。

话是这么说,看到去壳的熟鸡蛋,白嫩嫩,光滑滑,还是忍不住又添了一个。

走到饮料柜台。热咖啡,点过一次,又黑又浓又苦——三个"又"

之后，是精神亢奋，整夜无眠，从此敬而远之，不敢再问津。

冰水。这是西餐特色，对西人的胃。我本来不习惯，但登船以来，吃食太多，气胀舌燥，偶尔一试，觉得也别有爽冽。

翙州推荐加冰的苹果汁，我来了一杯。

翙州推荐加冰的葡萄汁，我也来了一杯。

我的酸劲（不是酸水）又上来了：把杯子放在亮处耀了耀，觉得像极了葡萄美酒，我甚至看到了它们背后的果园，恰巧有一只小蜜蜂在苹果花蕊上啜饮既罢，扇扇翅，又飞上了附近的葡萄架。

"肉食，不来一点吗？"翙州说。

他正忙于长高长壮，他选择大块的牛排。

我已老迈，量胃而行，选择小而酥软的肉丸。

我和他，隔着两代，岁差正好是闭关锁国和改革开放的叠加。

人说，生命如自助餐厅，要吃什么我自己选择。果能如此，像眼前这样，那就进入了"各取所需"的境地。

翙州坐到餐厅靠右的一隅，埋头独食。道不同不相为谋，年龄不同，肠胃不同，吃饭也吃不到一块儿。

我则把肴馔端到船尾，直面蓝天碧海。人又说，吃饭有三大要素：跟谁吃，在哪儿吃，吃什么。你看，今天我三大要素占全，堪称完美。于是，我一边与天把杯，邀海同饮，一边又禁不住乐滋滋地想：这是我登轮以来，在西餐王国最近中餐的一顿自助。

书香与气度

我住在七楼，楼道出口挨着图书馆（在我眼里，其实就是一个图书室）。架上的书籍，清一色为英文。这合着游轮的身份，它是美国皇家加勒比国际游轮公司旗下的一艘。注册地巴哈马，通用的也是英文。

登船第一天，我就把架上的书籍浏览了一遍，确信，没有英语之外的文字；我感到遗憾，当然怪自己不擅英语，也怨船方缺乏地球村的目光。你看，联合国除了英语之外，还规定了另外五种常用语，即阿拉伯语、汉语、法语、俄语、西班牙语。游轮既然想把生意做到全世界，文字就不能闭关自守。

图书馆提供免费借阅，这很好，台桌摆着登记簿，你只要写上书名、房间号，就可把书拿走。

从记录看，借书的名单，日日在拉长，他们或许借回房间看，更大的可能，是坐在、躺在阳光下的甲板看。待在现场阅读的，寥寥无几。

首日，始终只有一位老先生，坐在沙发前排，专心致志地翻书。我心忖，他也许是图书馆管理人员。

晚餐后，老先生还守在那里，更增加了我的猜测。

次日，海上航行，天的茫茫覆盖着海的茫茫。图书馆热闹起来，都是和我年纪不相上下的老头儿、老太太，大概嫌房间郁闷，甲板嚣杂，聚到这儿，呼吸可嗅可闻而不可买卖的书香。

是晚，我借图书馆整理笔记。我之外，还有一位老先生。不是昨天见到的那位，年纪更大，头发更白。

谁都不说话，他看他的书，我写我的笔记。

两小时后，老先生依然没有离场的意思。我得撤了，我想到要写一篇游记，我喜欢躺在床上构思。

是夜，凌晨两点，翊州出去打开水。

问他图书馆是否还有人。

有，他说，一个老太太。

释然，不是那位老先生，他终于也撤了。

吃惊，接替他"岗位"的，竟然是一位老太太。什么样的老太太，在度假的游轮上，夜这么深了，仍然待在图书馆看书？

第三天，发现泡图书馆的，都是白人老者。我没有种族偏见，并不是说只有白种人才喜欢读书。我只是陈述事实，指证的是图书馆现场。至于那些把书借走的，我无法核实。

对了，那天晚上，我遇见一组六人亚裔团体，占据了图书馆中间部分的沙发。不过，他们不是读书，是玩牌。我没能弄清他们的国籍，因为人人如哑巴，只管用目光示意，用手指出牌，一声不响。

顺便提一下，我们一行二十四人的团体，曾想借图书馆一隅开会，馆方不允许，理由正大得让人无话可说：众声喧哗。

第四天，感慨在图书馆流连的老人，一律着装整齐。虽然不像出席船长晚宴那样，恭而敬之地"正装"。以首日邂逅、尔后时常碰面的那位老先生为例，银发纹丝不乱，短袖、长裤、皮鞋，样样都像量身打造，浑然一体而又活力四射。

第五天，惊讶沉醉在书香里的老人，身材都保持得很好。似乎一跟书打交道，就等于进了健身房，不论男女，都胖瘦得衷，修短合度。

是的，那些满甲板转悠的超级肥胖族，一个也没有在书架前出现。他们，请原谅我的一叶障目，他们留给我的典型镜头，就是手抓一个印有皇家加勒比标志的大号水杯（价值一百多、二百多美金，持之可免费领取游轮提供的十二种饮料），里面盛了可口可乐、雪碧之类，一边开怀畅饮，一边翻看手机。

第六天，我半夜醒来，睡不着，为了不影响朔州，跑到图书馆写笔记。在那儿碰到两位老者，一男一女，可能是夫妇，也可能不是，因为一个前排，一个中间，而且互不言语，形如陌生，让人难以定义。我选择后排，奋笔疾书。临了，打算回房，看到他俩像钉子那样钉在座位，腰板笔挺，全神贯注，活像图书馆的某种象征。

第七天，也就是今天，游轮从墨西哥的科苏梅尔岛返航。晚餐后，我去到图书馆，仍旧坐在后排，整理白日的见闻。末了，从挎包拿出一本中文书，堂而皇之地插上书架。我想用这种方式提醒船方，图书文种要为游客着想，尤其像我这种来自东方的少数游客。

你问书的名字，对不起，我不便透露。

——不会是你自己的书吧？

哪能呢？你想，出境度假，谁还会带着自己的书。再说，你看我像那种挖空心思、见缝插针、无耻推销自己的人么？

我自有我自己的、也是民族的尊严。

瀑布声里，有命运在大笑

一

水往低处流，这是水的天性。

伊瓜苏河正是得其所哉！它滥觞于巴西东南部的高原，迢迢1300公里的西征，由海拔900米下流到海拔100米，犹如从迪拜塔尖顶下滑到一层大厅，如此悬殊的落差，端的像"黄河之水天上来"。当然有障碍，有曲折，但是阻不住它夺路嚣嚣、争流瀌瀌。人说速度就是金钱，对于伊瓜苏河来说，速度就是凛凛威风，就是万有引力，它沿途招降了大大小小30条河流，劫掠了如恒河沙数的赤土，凭高俯瞰，水赭红如血，在四野绿如地毯、秾似碧云的亚热带密林烘托下，红得剽悍！红得莽烈！

更近乎壮烈！到了下游，伊瓜苏河口这一带，河床毫无征兆地突然塌陷，凹下去，不是两丈三丈，而是一落就是几十丈。扔进一座十多二十层的大楼，恐怕也填它不平。那水千山万壑奔涌而来，正自摧枯拉朽，不可一世，忽临如削之壁，莫测之渊，进无可进，退无可退，但见它张发裂眦，奋爪朝未知扑去——在绝壁上扯出悬河注壑的水幕，学名瀑布。

我坐在直升机左侧的舷窗,俯窥地面的河与瀑。那恍若一条巨大的赤龙在向深壑喷水,搅得浑洪戆怒,鼓若山腾。那壑呈倒 U 状,又被称为马蹄形。我的天,除了天马,谁的脚印有这么大?

雄踞于"马蹄"顶端的,也是块量最大、气势最雄的那挂飞帘,是当之无愧的"瀑王",当地人却把它叫作"魔鬼的咽喉"。

称谓这么吓人,想必烙印着某种可怕的记忆。

初次惊艳伊瓜苏瀑布,是在王家卫导演的《春光乍泄》;继而,是在迈克尔·曼导演的《迈阿密风云》。曾经到过牙买加、墨西哥的我,潜意识里总认为它是遥不可及的存在。直到此刻,才确认伊瓜苏瀑布就在脚下。

"瀑布,是水的舍生取义。"弟弟说。他靠着右窗,把头转向我。

"莫如说脱胎换骨。"我讲。

"我大学学的是海洋地质,赞同余光中先生的观点,瀑布的一生是一场慢性的自杀。"弟弟事先做过功课。

"余先生是就生命的本质而言,在这个意义上,天下生命莫不是慢性的自杀。而就伊瓜苏河而言,经此一番粉身碎骨的洗礼,焕然一新,汇入前方巴拉那河,与之携手共赴大西洋——我觉得更像是一场浪漫的婚礼。"

"哈哈,科学和文学,是住在两个房间里的。"弟弟忙着揿动相机的按钮。

直升机降低,再降低,低到群瀑的轰鸣声声入耳。

"你听,瀑布在怒吼。"前排有人用英文说。

不,是欢呼——瀑布声里,有命运在大笑。

二

伊瓜苏瀑布一手挽着三国国境，站在"马蹄"的顶端看：左岸，巴西；右岸，阿根廷；前方，巴拉圭。一壑瀑布旺发了三国的风水。

我们下榻巴西的国家公园，首游"天上"，次览"人间"。举目远眺，伊瓜苏三分之二的瀑布集中在对岸阿根廷，观瀑的最佳平台却在巴西这边。

"你们同济大学有风景园林专业，"小詹转向弟弟，"借用园林设计的术语，这就叫借景。"他是从里约同机而来的旅伴，温州人，在巴西经商。

"你们注意看瀑布，"弟弟招呼，"眼睛盯一会儿，再回头看身后的景物，你会觉得一切都在向上飞升，有一种梦幻的感觉，这就叫'瀑布效应'。"

"瀑布效应"常见于股市分析，高深莫测，向来隔膜得很。这当口，我寻了对岸那挂最高的瀑布，使劲盯着瞧，然后转身，瞄向不远处的一片丛林，那些树呀花呀草呀果然就像平步登仙，扶摇直上。这是一种错觉，涉及视神经的复杂反应。

"地质学是怎么描述瀑布的？"我问。

"就两个字，'跌水'。"弟弟答。

"跌水？太俗！应该叫跌河，起码也是跌溪。瀑布是直立的川流不息。"

"水包括了河与溪，科学不是文学，讲的是根本属性。"

"昨晚听了半夜瀑布的轰鸣，"我转移话题，"它一定是在与天地对话。然而，芸芸过客，有几人听得懂它的真言呢？我想把它录下来，带回去仔细辨听。"

"用不着录,"小詹摆手,"我店里有现成的产品,世界三大瀑布伊瓜苏、尼亚加拉、维多利亚的天籁之音都有。"

"太好了!我只要伊瓜苏的。"

"伊瓜苏是当地印第安语,意为'伟大的水'。"弟弟解释。

"当地有个传说,"小詹接过话头,"古时候,有位神仙看上村里一位美丽的少女,要娶她为妻。但少女已经有了心上人,她毅然和情郎乘独木舟逃跑。神仙大怒,将伊瓜苏河拦腰截断,企图让这对恋人陷入灭顶之灾。"

"这传说和牛郎织女如出一辙,"弟弟归纳,"中国是王母娘娘棒打鸳鸯,拔簪一划,在牛郎和织女之间隔出一条银河。"

"中国的牛郎织女亏得喜鹊搭桥,年年七夕相会,伊瓜苏的这对情人呢?"我问。

"好像没有下文,传说只强调这河是怎么断的。"小詹答。

"伊瓜苏既然是'伟大的水',"我说,"那对恋人必然也像这伊瓜苏河的水,飞舟如箭,穿越滚滚劫波,拥抱海阔天高的未来。"

巴方的观景台依水而建,水面恰好有一条大鱼凌空跃起,仿佛是对我观点的呼应。

"可能是上游冲下来的,鱼喜欢逆流而上,也许它想重返故乡。"小詹迎着彩虹,眯起了眼睛。

那虹斜挂在瀑布的上方,居然有弯弯的两弧,这是阳光和水汽的联袂表演。今日天晴,却有人打伞,泼河惊涛蒸腾起漫空的水雾,不是细雨,胜似细雨。

"可惜李白没有来过,否则,他会写出比《望庐山瀑布》更美的诗句。"弟弟感慨。

不一定的哦,我想。庐山瀑布和伊瓜苏瀑布相比,绝对是小巫见大巫,但庐山有幸,它把李白的才华激发到极致,到顶了,再也没有了。

想象李白即使来到了伊瓜苏,除了"飞流直下三千尺,疑是银河落九天",还能写出什么更高级别的比喻呢?

三

午后,过境到阿根廷。巴西方面,栈道是修在水边的,观瀑,从下向上看。

阿根廷方面,栈桥是修在崖顶,观瀑,从上往下看。

在巴方纵目,瀑布赫然分作上下两挂,大水自绝壁倾泻而下,半道撞上突兀的崖棚,摔个虎啸龙吼,电闪雷鸣,旋即触石反弹,来不及整顿盔甲,就势扑向深渊。

在阿方四望,伊瓜苏河水面辽阔,宽约4公里,因为在断崖前,遭遇无数危岩丛莽的阻挡,所以它倾扑之际,水波自然分途,泻出的瀑布,一眼看不到头,多达275挂。

站在栈桥上欣赏瀑布,恍若欣赏百米高台跳水。上游,是澎澎湃湃、浩浩汤汤的波涛,临近嵯岩峭壁,流速加快,愈来愈快,算是助跑吧。到了崖顶,也是跳台的尽头,它没有高高跃起——水不像人,腾跳不起来——而是决绝地、义无反顾地扑向前方,百分之百的自由落体。也非完全自由,前面有先锋部队牵着拽着,后面有大队人马推着挤着,当是之时,跳也得跳,不跳也得跳。如此说来,可看作水的集体跌落。啊不,还是说跳来得确切。跌,呈现被动;跳,包含主动。瀑之为瀑,源自水的集体跳崖,那一纵,是破釜沉舟,那一落,是绝处逢生。生命的豪赌就是从绝望里赢得希望。水之为水,亦源自瀑的形象代言,天下之至柔,驰骋天下之至坚,举凡前进路上的任何阻碍,终将为其夷平。

远远地,从下游驶来一艘大型橡皮艇,游客人人穿着雨衣,但见船夫在礁石、漩涡间作大幅回旋,过足了游客冲浪的瘾。然后,拨正船头，驶近上游阿方的瀑布群，停止不动，它是要干啥？是供游客拍照吗？说时迟，那时快，橡皮艇一个发动，猛地冲进了瀑布。正惊骇间，它已退了出来，眨眼，又冲了进去，如此反反复复，搅得腾波触天，高浪溅日，游客锐声大叫。

这项目惊险而又刺激，游客的叫声未尝不是一种发自丹田的音瀑，半为惶恐，半为喜悦。

禁不住跃跃欲试，千里万里飞来，这挑战不容错过——

对我来说，登上冲瀑的小艇，就是登上伊瓜苏的制高点。

可叹的是，转眼白了少年头；可喜的是，少年青丝并未云散，仍在心头猎猎如旌。

阿方在崖顶之外，另辟了一条贴近谷底的游览路线。弟弟和小詹沿坡道而下，前去探索那些飞练垂帛后的隐秘洞穴。我听弟弟说过，黄果树瀑布就掩藏着天然的大溶洞，长达四五十丈，86版《西游记》的水帘洞就是在那儿取的景。

伫立桥头，虽然跟瀑布保持一定的社交距离，犹能感受到它喷珠溅玉的热情洋溢。心弦一颤，禁不住想起了我的大老乡、别号射阳山人的吴承恩。此公一辈子围着东部沿海转悠，撰写《西游记》的大神，足履竟未曾敲叩西土，不愧是大天才，但也是大遗憾。倘若他曾先我而来，先我而探赜索隐于伊瓜苏之瀑，其笔下的花果山水帘洞，气象定然更加峥嵘——兴许这个星球上最炫最酷的瀑布符号，就此落户中土！

不恨大神吾不见，恨大神未见吾脚下的伊瓜苏。

见闻绝对有助于拓开心瀑。

心瀑才是灵感的源泉，自有"飞流直下三千尺"。

听花开的声音

花房设在阳台，阳台的外面是莺飞草长的柳荫公园，公园的树梢衬着一轮杲杲的春阳，阳光肆无忌惮地染亮我沙发的靠背。我背倚沙发半躺半坐，双腿搁在圆凳，手里拿着一本书，迷迷糊糊地睡着了。

蓦地惊醒，是听到了——花开的声音。

这是第二回了。

第一回在前天，不，大前天。也是因为伏案过劳，身心俱疲，索性步出书斋，移坐阳台，捧一本书，权作休憩。没承想才翻得几页，就让暖融融的阳光拽入了梦乡。恍惚中，捕捉到花瓣舒张的翕动，若呼若吸，若吟若哦。我一个激灵，醒了，四处张望，啊！是蝴蝶兰，扇着翅膀棁然吟笑的蝴蝶兰。

我把惊喜报告夫人。

"你神经病！"夫人说，"花开的声音，人的耳朵是听不到的，要用专门仪器。"

我不服气。我明明听到了的。

我的听觉一向敏锐，能把一切细微的声波——如蚊子的嗡嗡叫——放大十倍百倍。从前人们说我神经衰弱，医生也是这么诊断的。我睡眠时，需要严格的安静，同室的鼾息、时钟的咔嚓、水龙头的滴漏，固然属于困扰，就连室外的风喧、深巷的狗吠、远处隐隐的市嚣，也令我辗转反侧。现在这所居宅，就是在充分考虑上述因素后置下的，它背对马路，面临公园，闹中取静，是难得的安宁社区。只是也有微憾，公园里有数湾湖塘，每年惊蛰前后，自暮至夜，水浒草泽雄蛙群体求偶，阁阁而啼，此呼彼应，如瀑如潮。戴复古诗曰"身在乱蛙声里睡，心从化蝶梦中归"，我可没有那本事，唯一的应对，就是关严窗子，塞紧耳塞，实在不行，服一粒安眠药。

那是两年前春末夏初的某日，也是阳台，我边翻书，边听歌曲。是《郊道》合集，30位男女歌星轮番炫技。很酷，简直像打擂台。第四位是邓丽君，甫一开口，"夜深沉，声悄悄，月色昏暗——"，我旋即震撼了，震撼了而且扔掉书本正襟危坐贯注全神，惊讶那歌声不是从丹田迸发，而是从茫茫太空九重云霄倾泻。

"曲有误，周郎顾"，语出《三国志》。

周郎就是周瑜，天纵英武，而且雅善音律，酒酣耳热之际，抚琴女子偶尔按错一个音节，他也能瞬间警觉，并且朝女子扬眉一瞥，以示提醒。我耳笨，这种幽微之"误"是听不出来的，但是唱得好呢还是不好，总归是茶壶里煮饺子——心里有数。前面三位歌星，名字忘了，听其中最佳者亮嗓，顿时想起王勃的诗"爽籁发而清风生，纤歌凝而白云遏"——这是写在《滕王阁序》里的——称得上是人籁、地籁。唯邓女士的歌喉，令我想起王勃的另两句诗"落霞与孤鹜齐飞，秋水共长天一色"，不折不扣的天籁。

王勃的"落霞""秋水"句，曾遭人质疑，理由是从庾信的"落花与芝盖齐飞，杨柳共春旗一色"化来，涉嫌模仿。庾信是南北朝人，名家；"落花""杨柳"句出自《马射赋》，名篇。初唐的王勃博洽多闻，不会漏过庾信的大作，受其影响也在情理之中。难得的是，难能可贵的是，王勃推陈出新而更上层楼，破茧化蝶而语惊天下，跻于千古绝唱。

天籁、地籁、人籁云云，出自庄子的《齐物论》。籁，是古代的一种管乐。天籁，指自然界的声响，如风声、鸟声、流水声。

咦——哈！我一拍大腿。既然风声、鸟声、流水声皆为天籁，那么，蛙鸣岂不也可与之并列？

既然青蛙为益虫，蛙鸣可以归为天籁，我的耳朵为什么如此缺乏修养，抵死不肯接纳？

随即上网，点开一首熟悉的《森林狂想曲》，那里有大自然的百种吟弄千种喧嚣，其中，间杂着蛙鸣。

听了，觉得不过瘾，夜晚去公园，蹲在湖塘草岸，录了一段蛙界歌手的合唱。

接下来的聆享，我不说，你也猜得到。在既往，那是蛙鸣鸥叫，蛙鸣狗吠，蛙鸣蝉噪，听觉的重度污染；在如今，观念一变，感情随之升温，那是"黄梅时节家家雨，青草池塘处处蛙""稻花香里说丰年，听取蛙声一片"，此曲只应乡间有，城市哪得几回闻！

蛙鸣为了求偶，求偶为了繁衍，繁衍是亿万年宇宙进化赋予生物的本能，是最大的爱，最高的善。

我从雄蛙的引吭高歌中听出了气质、音色、音量，听出了海誓山盟，听出了乾坤一理万古相传的生命密咒，不，密码。

我特意为它配上钢琴曲《梦中的婚礼》。

我对户外的其他声响，曾经认为是噪音的，如风啸、狗吠、蝉鸣，那都是钧天广乐的自然生态，是万类生而享有的"自在权""自如权"。

过了一段日子，蛙哥蛙妹进入婚配，生男育女，昼劳夜作。歌声停歇，我倒觉得寂寞起来。

今日，刚才，我在蒙眬中再次听到花开的声音，窸窸窣窣，喁喁窃窃。睁开眼，阳台高高低低搁着数十盆花，大半盛开着，一律掩口笑，让我糊涂了，难以判断究竟是杜鹃，还是水仙。是月季，还是山茶。想给夫人说一下，又怕再惹嘲讽，我就掖着，自个偷着乐。

花是草木的性器，植物学家如是说。生命的真谛，在于繁衍。那么星系是宇宙之花了。那么人类是地球之花了。张靓颖的那首歌是怎么唱的："不在乎这世界有多吵/听花开的声音/暖暖的你看着我灿烂的微笑。"

今朝黎明即起，赶写一篇关于韶年的回忆，在电脑上忙活到晌午，毕竟韶华不再，龙钟不是龙马，我需要继续休息，哪怕是片刻的假寐。潜意识中，犹自得陇望蜀，得寸进尺，企盼捕获花卉的心语，不仅是瓣音。

我在梦花，花在笑我。

花如解梦，我亦解花。

昔年唐玄宗自得于"争如我解语花"，吾今快意于"争如我解花语"。

花的密语，是传给纵她宠她的自然的，只有神的耳朵才能聆取——偏偏今遭又让我窥听到了，叨天之幸，在这一点上，我也成了神。

不知道昏睡了多久，一种从未感受的异质音籁将我唤醒，恍若满室的花朵犹如童话中的仙女在载歌载舞。啊，是，但不完全是；主角，或者说总指挥，是破空而至的阳光：它在无垠无梦的太虚中飞啊飞啊，飞了一亿五千万公里，抵达地球，穿轩入户，在我的心之耳鼓弹奏出黄澄澄、金灿灿，绝对纯粹、绝对明净的光之和弦。

书斋浮想

曾经有一日，我想把书房安置在天安门城楼。什么？你真狂妄！啊，不是狂妄，且听我解释，我看中的是这方位，这高度。你若想把文章写得中国，写得炎黄，写得堂堂正正，炳炳麟麟……好，那么就请随我，把写字台搬来这城楼一隅。对于历史，这位置未免过于煊赫，对于你我，这只是一首诗。日月升降，不过是文章的标点符号，人潮聚散，不过是文气的回环流转。一代伟人曾在上面宣布："中国人民站起来了！"声音至今还在五洲四海隆隆回荡。你我凡夫俗子，从不作非分躐等之想，但忝为文人，要的就是这气场，这轴心，这龙脉。三十年前，我是广场上人海中的一滴水，十五年前，我是登楼一啸的游客，而今，我想借它的廊柱迎四方祥瑞，八面雄风。岁月如流，你会发现世间变化最大的，不是沧海，不是桑田，而是观念，实实在在的人心。你会发现"人为社稷之本，天地之本"，正在逐渐从云端回归凡尘，落于实处。瞻前令人心雄胆壮，顾后令人感慨万端。当我登临，当我在城楼辟室纳气，储才养望，文学之于我，世界之于我，就像金水桥畔的华表一样切近。兴酣落笔，自可以驱遣雷电，挥斥风云，凭窗眺望，更不妨目尽今古，纵览河山。

也曾经有意，把书房安放在太平洋上的一个小岛。那里位于赤道，终年万木葱茏，草欣花薰。我的书斋应该是茅屋，杜甫在成都、苏东坡在儋州住过的那种。所不同的是，它背倚青山，面临大海。吟过"星垂平野阔，月涌大江流""吴楚东南坼，乾坤日夜浮"的杜甫，直面的不过是江河湖泊。苏东坡流放海南，是乘船穿越琼州海峡的，但他在儋州的住所"桄榔庵"，距汪洋浩瀚的南海还隔有一望无际的丛林。哪能如我这般，每天清晨，推窗，浩浩碧波就会从心田漫过；即使在夜晚，睡梦中，也会有汤汤泱泱洗涤肺腑，澡雪神经。枕边有梵高渴望的电流雷语，砚底有海明威丧魂失魄的大鱼，字里行间有哥伦布望眼欲穿的新大陆。远离尘氛，远离噪音，远离一切伪现代、假文明。当然有滂滂沛沛的豪雨，佐之以掀天揭地的台风，这场面还都让我赶上了。那是到达岛上的第二天，主人引领我们参观一孔千年山洞，进洞时分，身后还是阳光灿烂，待到转了一圈出来，洞外已是霹雳交加，风雨大作。我笑了，全然不顾同伴怪异的目光。如果不是妻子紧紧挽着手臂，说不定我早就冲出洞口，和大自然一道尽情宣泄、嬉戏。

　　正是在岛上，我想到，有一天也不妨把书房短暂搬去南极，和科考队员为邻。热与冷，这是自然的极端考验，也是思维的交替盛宴。南极你没有去过，总在电视屏幕上看到过吧？那里没有道路，没有色彩，没有浪漫。冰天，冰山，冰原。白色阴谋和白色恐怖包裹一切、覆盖一切。然而，欲望是奢侈的，我希望我能单独拥有一处斗室，把严寒和一应干扰阻挡在外。任它风暴肆虐，雪片狂搅，我自保持灵魂的独立与清醒。且在一个狭小的空间支棱双耳，睁大眼睛。我当看到，不，感到，万里外如一朵云霞燃烧的中国，中国的前尘，中国的今生以及后世。此时此刻，只要有一粒泥沙沉降黄河，只要有一片乌云飘过珠穆朗玛峰，只要，在宫商角徵羽的和弦中，掺进一缕杂音，我会立刻发竖皆裂，血脉偾张。我的笔，我在冰封雪锁中唯一能倚天而抽的长剑，霎时将寒光闪闪，锋芒毕露。啊，别担心我孤独，或是太累，天气晴朗的日子，我会走出帐篷，跋涉雪原，加入海豹、企鹅的行列。我会和它们用另一种语言交流，在人类已知的语音密码之外，在地球和太阳系的规范之外。

去年秋天，当我登上纽约帝国大厦，在一个凭栏俯瞰的顷刻，忽发奇想：嗯，这儿也可以安放一张写字台，一张属于我的、纯粹书生的写字台。帝国大厦建于1931年，高度三百八十一米，曾为纽约之最，也是世界之最。它的显赫尊贵一直持续了四十年，迨至1972年，才被四百一十七米的世贸大厦打破。人性总是对最高充满神往，犹记当初，世贸大厦落成不到两年，它从帝国大厦头上抢得的冠冕，又被芝加哥四百四十三米的西尔斯崇楼一把攫走。二十二年后，吉隆坡的佩重纳斯闳宇，更以四百五十二米的绝对高度独摩苍穹。这游戏恐怕永远没有了结，据报载，我国的上海、台北以及东邻韩国也在摩拳擦掌，欲在更高的层面上一试身手。假如人力可以造山，真正意义上的山，我相信珠峰有一天也将屈居老二。然而，曾几何时，当我的双足踏上曼哈顿的街道，世贸大厦已不幸被夷为平地，帝国大厦又重新出任纽约的制高点。血腥的联想，残酷的现实。三十四街在脚下。一百零二层在脚下。余光中1966年写《登楼赋》，立足点就在眼前这层顶楼。假设我把它的一隅辟作书斋，在这儿可以昼夜鸟瞰纽约，某种程度上也等于是鸟瞰西方。萨克雷当年无缘涉足的"名利场"，巴尔扎克当年未曾阅遍的"人间喜剧"，福克纳当年未能穷形的"喧嚣与骚动"，我将以我东方作家的敏锐与执著，继续书写。

如果我有第六张写字台，我愿把它安放在俄罗斯的庄园，最好是在圣彼得堡近郊，和普希金就读过的皇村中学为邻。对于少年时代的我，托尔斯泰是威严的，高尔基是苦涩的，马雅柯夫斯基是生硬的，而普希金，清丽而又激越，堪堪充当我高年级的兄长。检点我知识航船的压舱石，《诗经》《楚辞》之外，《古文观止》《唐诗三百首》之外，《飞鸟集》《草叶集》之外，赫然就有一部《普希金文集》。最是难得，那是我生平买下的第一部"天价"书，时代出版社出版，硬面精装，定价两块钱。若问，区区两块钱怎么就成了天价？要晓得那是1959年，两块钱相当于我初中一个学期的学费。要晓得那正是国民经济大滑坡时期，彼时我尚懵懂，天下大事不甚了了，但具体到自身，是已连两块钱的学费也筹措不出，不得不含泪中途退学。然而，借助某种孤注一掷的希冀，我却把半月的打工所得加在一起，从书店购回普希金的一套精神大餐。那真是疯狂的吞噬，非张乐平笔下的三毛不能深得个中滋味。"啊，美人，不要在我面前再唱，那悲哀的格鲁吉亚的歌吧：它们使我想起，另一种生活和遥远的岸边。""假如生活欺骗了你，不要悲伤，不要心急！阴郁的日子需要镇静，相信吧，那愉快的日子即将来临。"——普希金给予我的，不仅是他温柔的慰藉，缠绵的想象，更有他天赋的自信，坚韧的灵魂。

　　假设我有第七或第八张写字台，我愿把它们分别安放在巴黎圣母院的阁楼与尼罗河畔的客栈。这选择不是绝对的，当然，我也可以把它们安放在富士山麓的茶室与罗马城的角斗场。天地有情，山川随处可作书房。万象通灵，入眼一切皆是文字。但是，不管我有多少五光十色的假设与选择，最后一张书桌，肯定是搁在我的故乡。最好是搁在老宅，就在堂屋的窗前。那堂屋是篱笆墙，稻草顶，窄小的窗户糊了一层白纸，临窗安放着一张褪色的条桌。记得老宅落成，是1953年，九岁的我，已拥有五年骄傲的学龄：四岁，依祖父的膝下读《百家姓》，五岁至七岁，入私塾读《千字文》《古诗源》《幼学琼林》，八岁正式上学，也就在九岁那年，我幸运地分到了一张书桌。我最初的涂鸦之作，包括日记、书信、情诗，都是在它的慷慨支撑下完成。如今我不能奢求那张五十年前的书桌还安然完好，正如我不能阻挡祖父手建的数栋茅屋日后在侄男辈手里换为砖混结构的两层小楼。所幸的是老家地址未变，方位未变，因而我的想象最终有所依托。可以预期，往后，在我厌倦京城浮躁与奢华的日子里，我会常常回到故乡，回到老宅旧址上的新居，无疑，只有在那儿，在生命和创作的原点，我才能获得穿透时间的清醒。我会比以往更加清楚我是谁，以及我应该如何感谢上苍，善待岁月，善待上苍曾经从江淹手里强行缴走，而今恰恰轮到赐予我把玩操练的这支金不换的彩笔！

思故乡，在京城

思故乡，在京城。小时候，故乡鲜嫩如一湖绿菱，我是波光上的一只蜻蜓；长大了，故乡挺拔如一株大树，我是茂叶间的一只候鸟。随着书越读越厚，距离也愈拉愈远，直至隔着了千山万水，却常就对着故乡的名字发愣。射阳，射阳？啧啧，怎地偏叫了这两个字？与人交往，自报家门，脱不了如此这般地解释："射箭的射，太阳的阳。"对方就有惊讶的了："哇，你们是后羿的后代呢！"有几年为避忌讳，介绍到籍贯，总要递补一句："射，古汉语有多种含义，这里作追逐、追求解。"不曾想，后羿的附会，转而又变成了夸父的附会。

思京城，在羁旅。偶想，京城之于我，在于它是一座五星级的摩天楼，一座在某个角落里搁有一张床，一张完全属于我的床的摩天楼；虽然那床远不够宽，远不够长。又想，京城之诱惑，在于它是一台最现代的电脑，储存最丰富的是文化，最够分量的是政治，最牵扯人心的是经济，当然还有四五六七，当然还有方方面面。只要你具备了操作能力，无论查询个什么、组合个什么或是创造个什么，都只要轻轻一击键位，就成。如是而已，岂有它哉，岂有它哉。

思中国，在国外。饥时，中国是一道淮扬菜；渴时，中国是一瓢长江水；望月时，中国是一则吴刚伐桂的神话；低徊时，中国是一首唐诗；节日遥望，中国，是半天空缤缤纷纷的焰火。有一次为采访某个世界经济会议,在高速路上疾奔了六个小时,赶到会场,一摸脑瓜,中国,就只剩了两个词组:改革与开放。

思昨天,在今天。昨天,是胡松华的《赞歌》,是徐迟的《哥德巴赫猜想》,是五连冠的中国女排,还有,罗中立的《父亲》,还有,一位白发皤然的母亲。那是出于一次偶遇:沂蒙山余脉,山道口,一位卖酸枣的老妪。满脸皱褶,渲染出山地的艰辛,气色却是最好,显出近来的福泰。我想就这山脉为背景,和老人家合照一像。"不哩,"老妪摆手,"你得先付合影费。"同伴敏捷,暗中按动了快门,谁知老妪的反应也是出奇,只见她一手掩脸,一边风快地转身;回过头来又直嚷嚷要没收胶卷。尔后冲洗出来,便成了这样一种仓促的历史定位。

思今天,在明天。明天不能预支,但可以设想,不闻"后之视今,亦犹今之视昔"的么?也不是绝对不能预支,我就预支过一回,是在梦中。梦见五百年后,一帮闲人在争论20世纪的演义,甲说应这般这般,乙说应那般那般,丙又说应这般这般那般那般,一时面红耳赤,僵在那里。末了齐来征求我的高见。我清清喉咙,刚要开口,梦便醒了,争论自然也就没了下文。也罢,且把裁判的权利完完整整地留给后人。

思一己,在身外。天苍苍何高也,地茫茫何阔也,亿万年的天光地气,日精月华,交融到一点,灵光激射,才诞生了这么一条鲜活活的生命。你说有光,便多半有光,汇集聚拢来的宇宙本源之光,生命本源之光;像一颗星的了,尽职地守在自己的方位,在无垠的时空。你说无光,便肯定无光,始也默默,终也默默,徒然浪费了宇宙的昂贵能源。但对宇宙本身来说,这泯灭又算得了什么呢?压根儿就不值得投去一声叹息。

鸟瞰地球村

　　写作倦了，烦了，闷了……忽然对着电脑屏幕，发愣："我是谁？此身是在什么地方？"心念电转，遂搁下"写"得半半拉拉的稿子，另启荧屏，点击，上网。这是一款软件，借助卫星航拍的图片，浏览咱们居住的星球——地球。检索栏敲出"北京"，一只晶蓝色的球体，迅速旋转，贴近，放大，变魔术一般，推出京城平面图。定格。沿中轴线，向北，光标越过一处公园，又一处，再……停，在一片蜂房蚁窝的建筑群中，公园是最惹眼的标志。没错，就是它了。公园北侧，水泊弯弯，岸沿，由东南向西北，蹲踞着两座塔楼，之一，便安着我的家。

　　这是很惬意的。常人，一辈子，也难得有这样的机会，从太空的高度、角度，鸟瞰自己的家园。公园是朝朝暮暮见的，推窗即是，像画，广义的中国山水。但在卫星的摄像孔里，不，在上帝的瞳仁里，却像一只灰绿而斜行的海龟。环扣的湖，晕染的树，组成它坚实的外壳与四足。湖心岛，我日日在其间挥拍的羽毛球场，只是一痕浅浅的斑纹。时令隆冬，今天是2006年12月18日，午前9点31分，而图片展现的却是盛夏，从日影判断，也是傍午——不知值何年何月几点几分，能弄清楚就好了，倒想知道，那一刻，我是在哪儿。咳，闹清了在哪儿又有什么用，无论如何瞅不着。画面太小，园内的假山、亭阁隐约可辨，再就是游船，点缀在湖心，名副其实，一个米粒似的"亮点"。游人呢，对不起,那就连"点"也够不上,泯然俱化,无处觅其踪影。

方是时,你要想明白自家有多渺小,请借助卫星的瞳孔;你要想明白自家有多伟大,也请借助卫星的瞳孔——这毕竟是人的奇迹,人类的奇迹。

由眼下的家,想到曾经的家,故里。光标先行,从五彩的云隙里"掂"出江苏,继而又"掂"出射阳。停。纵横交错的阡陌、河川、建筑,构画出我故乡的小镇——合德(合乎中庸堪作则,德止至善可为师)。喏,这是我梦中缠绵无尽的小洋河,笔直贯城而过,以镇中心的县府所在地(有标识)为原点,向西数,第三座跨河大桥,桥之南隅,公路与水渠的夹角处,褐而青的一弯,即是我的故园。说是故园,茅屋早已不存。宅基未变,新楼里栖息的,是我的大侄、三侄、七侄。那褐的是房顶,青的是树冠。树是吾父当年手植……老人家已经作古……嘿,卫星腾空恰好半个世纪,假若把卫星拍摄的所有图片制成录像,过去的50年岂非历历在目。沧海桑田,天翻地覆。焉知上帝手里,不保存有另外的光盘,地球演变的分分秒秒,尽摄其中。所以,后人无须开掘时光隧道,只要借来上帝掌握的光盘,插入计算机的服务器,历朝历纪,玄黄洪荒,一一从头演绎,状如满世界全方位的记录大片,岂不大妙!

感慨,不胜唏嘘。一边凝视,一边拨通大侄家的电话。"射阳天气怎样?"我问。"阴天,小雨,欲下不下。"大侄答。是吗,图片上可是朗朗晴天。京城也是曛日高悬。咫尺千里,风云异数。上帝点化贝尔发明了电话,上帝本人却不接电话。否则,否则怎样?否则我将请他老人家帮我接通往古的圣贤,我相信他们依然存在,在另一时空,不过是比我们大个几百、几千岁罢了,在上帝眼里,大也大不到哪儿去。

乐曲响起,自手机。一则短信:"21日返京。"发信人在纽约。蓦地想起西半球比东半球日晏,冬季,纽约比北京晚13个小时,我这儿是 18 日已阑，他那儿还是 17 日亥初。没有什么比时间更能证明：地球是圆的。快，赶快追踪他的时空。"时"，不可能了，图片和现实不同步。"空"，倒是实实在在的。光标曳处，纽约的门扉洞开。一点，曼哈顿区。再点，宏观化作微观。这是劫后，世贸双塔已毁，迟暮的帝国大厦鹤立鸡群，神气活现。发信人就蛰伏在左边，哪一幢，不必说了。说了也无济于事。凌空睥睨，所见皆楼顶房脊——蓦地想起堪舆学，所谓风水，无非是建筑的物际与人际关系，诗化一点，则是大地亮给天空的表情——日影斜斜，显系美利坚东海岸的午后，一时心血来潮，光标沿曼哈顿向下一拽，顺势拽出自由岛。昔日旧游之地，曾见庞然的自由女神铜像手持火炬，极目天宇。如今从上面向下看，入眼仅是一幅朦胧的剪影，基座倒清晰极了，灿然如盛开的百合花，数了数，竟然是 11 片花瓣，奇数，奇。

感觉有点儿冷。哦，窗户未关。起身，闭牖。搓搓手，伸个懒腰，好，今日得宽余，五大洲四大洋，任我驰，任我览。时人已有豪奢而超前的太空游，逞亿万资财，作数日飞天；那是体验，实实在在地当了一回神仙。我没有那钱，只有借助卫星的视觉：南极，北极，大西洋，地中海，罗马，巴黎，金字塔，富士山……摄像仪的分辨率再高，再精细，总归是大写意的，这就抹去了诸多污染的尴尬（吾人最为痛心疾首的），送上一分若隐若现的朦胧美，美的朦胧。咦，这是什么？东瀛之东，美西之西，湛蓝的洋面，莹莹的一朵浪花——点中了，放大了，不是浪花，是小岛，巴掌大，椭圆，一隈疯绿，越发衬托出一串明珠的晔晔——日照下的屋宇。吁，本来遗落化外，远离尘嚣，如今却被纳入地球村，成为繁华的神经末梢。这世界，技术的触角无远弗届，看来，躲是没处躲的了。

谁说没处遁形？无须悲观，还是古人说得妙："小隐隐于野，中隐隐于市，大隐隐于朝。"我也不隐于山林，我也不隐于市朝，最安宁的所在，其实是内心。"淡泊明志，宁静致远。"有此八字作底蕴，卫星拍不到，上帝也没奈何。遐想间，画面显影出一桅船，不，一尾鱼，庞然伟然，黑黝黝的，是蓝鲸。嗬，奇遇！百年难睹稀罕物，入眼只在一瞬间。你好啊，你这海上的巨无霸！囚禁在都市的钢铁水泥丛林，感谢你给我带来了野性的呼吸：鲸呼鲸吸；且让——哪，干脆我也化作一尾鱼吧——且让我的灵鳍追随你的踪迹，自由嬉戏于沧溟。

雨染未名湖

　　雨，苍茫了塔影；雨，迷离了湖光；雨，虚虚幻幻恍恍惚惚了湖心的小岛。雨偏多情，不多情就不会如此突发而至；雨自写意，不写意就不会这般兴会淋漓。

　　雨打着西南岸的山坡，山坡上的翁翁郁郁，翁翁郁郁环绕的六角钟亭，显得甜甜蜜蜜、亲亲切切、爽爽朗朗；雨听着如唐诗，如宋词，如鸥鸟嬉飞在浪尖、春风逗笑在草原。

　　钟亭里坐着一老一少。年长的，是燕园著名的经济学教授，年少的，是来自江南的一位自学成才的残疾青年。青年渴望拜见教授，托我帮助联络。长辈垂爱后生，因而就有了今天这番不拘一格的户外会见。以天地为客厅，以湖光塔影为屏风，这的确很浪漫，也很古典。

　　不期遇上了雨，于是避到这钟亭里来。教授打量着青年的一条义肢，目光充满了怜爱，不，毋宁说赞扬。教授说："以你这样的身体条件，能跑，能跳，能把生意做得红红火火，尤其是，还坚持研究经济理论，很不简单。你送来的论文，我都看了，功底扎实，立论新颖，颇有创见。说实话，我还想让你跟我的研究生座谈座谈，他们就缺少你这种实际生活的营养。"

　　青年含笑望着教授，胸腔滚过一股热浪，刹那间泻过千言万语。他本来有一副健全的体魄，也应有一个平坦的前程。但是，一场意外的交通事故毁了他的健康，也改变了他的人生。残疾之路的曲折、艰辛，实难以向常人叙述。在那些痛苦、彷徨的日子里，他偶尔从一篇报道得知，教授当初也是自学成才。从此，教授的学问和形象，就成了他心头的一支火炬。多少年了，他渴望能见一见教授，当面聆听他的教导，并奉上自己的感谢，没想到今天终于美梦成真。梦圆了，反而又觉得迷茫，太多的欢喜，淹没了太多的话，一时竟手足无措，说话也结结巴巴。

教授忽然操起青年家乡的方言，给谈话注入神韵。原来，教授五十多年前曾在青年所在的那个地区读过初中，说来也真叫有缘。我记起来了，教授不久就失学回了原籍，也教过小学，也打过短工，而后就闯荡到上海，而后又赴欧洲留学。时空一衔接，精神一对应，青年的拘谨很快便消失了，钟亭里转瞬飞扬起一派吴侬软语。

大概是为了讨论方便，吴语间不时又夹杂起英语，并伴之以比比划划，说不清是教授在给青年指导，还是青年在向教授汇报；这一老一少显然已经找到了感觉，渐入忘形。我忽然想到经典意义上的"开门办学"，想到脚下这块土地雄阔的社会张力和文化蕴涵。

就让他们尽兴畅谈吧。片刻，趁雨脚稍疏，我悄悄离开钟亭，沿未名湖南岸漫游：雨，轻拂着蔡元培的铜像，这是一位被毛泽东誉为"学界泰斗，人世楷模"的人物，他的名字维系着北大的历史，维系着陈独秀、李大钊、鲁迅、胡适等一大批新文化运动的健将；雨，膜拜着埃德加·斯诺的陵墓，斯诺曾从这儿出发，奔赴延安，留下了那部永不褪色的《西行漫记》；雨，亲昵着塞万提斯塑像的披风，这位西班牙的文学骑士，是从他创作的《唐吉诃德》的封面上走来，从马德里市民众的跨国情谊中走来；雨……

雨染未名湖。这是精神的雨，文化的雨，从一部中国近代教育史，不，世界近代教育史的扉页间飘洒而下，激灵着遍地的芳菲。

古莲新韵

　　荷花争相展开笑靥，又甜又媚，像仙女列队恭迎嘉宾。烈日知趣地隐进云层，蜻蜓引路，凉风托肘，树上的知了歌了又歇，歇了又歌，为老人的巡视增添无限清兴。

　　季羡林先生漫步在池塘四周，得意地清点着荷花的朵数。前天还是101、123，昨天就变成150、176，今天呢！早晨已突破200，眼下只怕已有220。这当然不包括那些含苞未放的骨朵儿，它们还没有睁开睫瓣，算不得数。这池塘就在先生的家门口，享受堂堂学府的优待，它也有个贵族化的大名：红湖。

　　30多年前，季先生刚刚搬来的时候，湖里也有过翠盖千重、青钱万叠，依稀还留有"千点荷声先报雨，一林竹影剩分凉"的幽梦。但是好景不长，很快就遭遇一场"冰河期"，水面便成了空空荡荡。先生的心湖，也随之变得空空荡荡。

　　早些年，东风又绿瀛洲草，先生心头的那泓水，解冻了，扬波了。由己及人，他竭力往世人的心湖吹送春风；在我，就是深受他润泽的一个。由人及物，他就想到了门口依然凄凉的池塘，怜爱地，满怀期冀地播下几颗托人从洪湖捎来的莲子。先生确信，播下去，就有希望。谁不知道，种子的生命力是天下最顽强的呢？有一些从古代帝王陵墓里掘出来的稻谷，一遇适宜的条件依旧能生根吐叶；有一些埋在地层里的万年羽扁豆，一旦重见天日照样能发芽滋长。痴心的老人其实也是一粒古莲，在新的时期又抽出了撩云逗雨的叶，又开出了映日迷霞的花。

种子播下的第一年，水面平静如初。先生知道凡事都有个过程，就像写文章，先得有个腹稿，然后才能展纸伸笔，此事急不得。说是急不得，偏生又每天前来张望，仿佛恨不得要用目光把莲芽从淤泥中吸出来。

第二年，水面依然冷寂，朝朝，暮暮，唯有"天光云影共徘徊"。先生的心湖就未免风摇影动、起伏不定了。眼看它春水盈塘，眼看它绿柳垂丝，但盼它嫩叶轻舒，盼它小荷初露。然而，春天来了又去了，夏天来了又去了，转眼到了秋天，塘面仍旧是一片荒芜、寥落。荒芜菡萏路，寥落高士心。难道说洪波里孕育的种子不适合池塘，托根非其所？难道说梦里的婷婷、袅袅、纤纤、灼灼，终将成为一场虚话？

到了第三年，先生已不抱希望。如果有谁到了这地步还抱希望，那他不是傻子，便是神仙。先生是凡人，凡人就只有凡人的智慧。然而，有一天，先生忽然发现，就在他投入莲子的水面，长出了几片溜圆的绿叶，莫非是天上的倒影？不会，天空只有飞鸟、云彩；莫非眼看花了？拭拭镜片，定睛再看，没错，嫩生生的，羞怯怯的，绝对是莲叶，莲的新叶。数一数，一共5片，不，6片。有一片将露未露，一半还在水底。团团五六叶，装点绿池初。它们，啊，此处应该用她们，仿佛是莲的王国派出的绿姝，先期给老人通一通消息，告诉他凡播种定有收获，生命的顽强、生机的蓬勃使她们从来不曾失约于世人，等着吧，不要多久，那千茎万茎就会昂然挺立，那田田翠翠就会漫湖覆盖。

这一等，就又是一年。虽然漫长，却并不难捱。怀抱期冀，就是足踏时间的风火轮，多少寂寞，多少惆怅，一跃也就甩在了身后。下一年，"蝉噪城沟水，芙蓉忽已繁"。先生无法确知，那莲的纵队是怎样在深水中迅速扩展，但从占领水面的荷叶判断，每天至少要以半尺的距离推进。就这样，是年夏天，先生终于迎来了半池绿荷，满眼红蕖。

于是乎，在接踵而来的岁月，先生每年夏秋两季，就多了一项消遣：一个人坐在红湖岸边，直面满湖的碧绿黛绿，深红浅红，遁入哲学家式的玄思妙想。

生命到了这种境界，释放就尤其显得香气勃郁。60年前，先生在水木清华就读，那里曾诞生朱自清的名篇《荷塘月色》。60年后，先生在红湖岸边忆往思来，陷入片刻的假寐，不期也结晶了一篇语出天然、朗爽脱俗的《清塘荷韵》。

写作的那天，正值1997年中秋。也是香港刚刚回归祖国不久。这天，天上的月华和水中的月魂互映，周敦颐的清涟和胸中的澄泓相汇。啊，彼时彼刻，先生伏案挥毫，任何台风都吹不乱他头上的一茎霜发，刮不散他胸中的一缕芗泽！

转眼又是一年逝去，已是世纪末了。这一年，莲花又开了，在季先生的眼中，今年的莲花该是更鲜艳了，因为，澳门回到了祖国的怀抱。莲花，不亦是澳门的区花吗？那一方区徽上，就是一朵莲花。一直关注着澳门的季先生，得知一位深圳人要在澳门回归前举办"荷花摄影展"时，特意写信祝贺，其莲花情结，尽在纸上矣。

金达园纪事

凭"金达园"这三个字，说了等于没说。不是吗？它太俗气。

这儿远离市区，远离现代文明制造的听觉轰炸。安静，是都市人难得的一份奢侈。白天，我若在看书，绝对闻得到呼吸。若在写稿，陪伴我的，就只有手提电脑的轻微键击和机器本身的幽幽低吟。偶有啾啾唧唧的鸟啼，偶有越楼飘然而至的琴声，那不啻是上帝的福音。一日，方凝神构思，听得窗外似雨打芭蕉，唰啦唰啦，淅沥淅沥，心下诧异，探头张望，原来是两个小男孩在比试撒尿，对着一架蓬蓬勃勃的南瓜叶。我这一亮相，惊得他俩赶紧藏起裆里的小家伙，大笑着逃开。晚间，偶有狗吠，也就一声，两声，若有若无。偶有鸟叫，那是被瞎咋呼的狗吵醒的。我在关于欧洲杯足球赛的一篇文章中，描述过这种夜色朦胧中狗与鸟的即兴合奏。这种机遇太少，我只碰到过一回。绝大多数的日子，我都是在夜深人静、万籁沉沉中就寝，然后一觉睡到天光。

清晨启窗，照例有一股音乐灌进来。小区主妇们的一天，是伴着健美操开始的。当最积极的分子合着旋律起舞，流窜的风，眨眼都化作了清凉的音符；当她们的人数越聚越多，节奏越发鲜明，睡眼惺忪的花瓣，乍醒犹梦的柳丝，也都开始了生命的颤栗。当她们的自我展示进入高潮，东天的头茬子阳光，也迫不及待地加入行列。揉揉眼，我看清欲望的精灵，在草坪的露珠上舞蹈。

小区挨着一个东西方向的小镇。这镇实在太小,我不说它的名字。我和小镇的关系,只限于它那家独一无二的邮局。邮局离住处约三四里,我时常乘一辆"摩的",招招摇摇地前往。街旁也多楼房,也多店铺,马路上也多汽车,也多行人,和城里一般无异,唯韵味散淡,格调悠闲,就连马达的低吼,商贩的叫卖,听上去,也觉短斤缺两,欠了成色。坐在晃晃悠悠的"摩的"里,偶尔,会产生乘坐马车的幻觉,恍若行走在19世纪的纽约街头。19世纪我去过纽约吗?怎么没有!惠特曼不是还和我讨论过韵律,还当我的面朗诵过他那首《开拓者哟!啊,开拓者哟!》的长诗!

邮局的那位营业员小姐真逗。一次,我去寄书,寄我新出的散文集《长歌当啸》。她把封好的邮件拆开,取出书,左翻,右翻。末了盯着封底的肖像,说:"卡流芳(卞毓方)是谁?这人很像姜文!"我本来想说,那就是我,话到唇边又急忙咽了回去。你想,我怎么像了姜文?如果说姜文长得像黄瓜,我就是茄子。茄子怎能类比黄瓜?

这儿也真出茄子、黄瓜。小区的西侧毗邻农田,盛产的,都是各色时令瓜果蔬菜。我曾想找当地的农民聊天,一问,才知道如今在田里播出动静、种出色彩的,都是些外来户,大多来自河南。正儿八经的"地主",是只管收租,不干农活。我喜欢在地头田埂散步,模仿前辈哲人作孤独者的沉思。一次,在一畦葫芦架背后,艳遇一片新鲜红嫩的马齿苋,简直要惊呆了。问菜园的主人,说那是野生的,北方人不懂得食用,没人采。赶忙回家告知岳母。我的岳母是南方人,最是马齿苋的知音。随后一连数天,她老人家都忙于采集、蒸煮、晾晒。几位高邻好奇,也跟她一起下地挖掘。一部电影想打响,要大红灯笼高高挂。一条哈巴狗想出名,要偎着贵夫人的香腮。一地马齿苋想走红,看来,只要结识我的岳母。

灼热的夏季

私宅坐落在北郊的金达园,金达园隐入似睡未睡的假寐,假寐值北京时间凌晨两点,荷兰当地时间晚上八点。窗外,叫建筑物割成锯齿状的、覆盖在市区方位的夜幕,浮漾着一抹浑浊的烟草红。室内,不,应该说耳机内,呼啸着、滚动着震耳欲聋的热浪,浪潮从鹿特丹的费耶诺德体育场席卷而来,从人造卫星的千眼千手疾转而来,从彩色电视机的大屏幕穿空而来、排闼而来。

这个夏季,京城特别燥热,前天竟没头没脑地蹿至 40℃,闹得人人急火攻心;昨天还算客气,整整缩回去 2℃,但是又留下了一招奇湿而又奇闷的后手,雨,要落不落,风,将起未起,一派大战前夕的凝重,炸药桶似乎一点即爆。天哪,难道五大洲四大洋 60 亿人共享的地球,都在为欧罗巴小小的足球而转?真是不想便罢,想起来,顿觉英雄气短、黯然神伤。

画面转为赛场大特写。从空中鸟瞰,定格,一朵千瓣的巨莲。镜头摇近,看台上,挤满了奇装异服、激情四射的球迷,那一张张面孔,不,那一副副脸谱,分明是法兰西和意大利的国旗汇展,是活力和阳光的灿烂。镜头切换,相继推出法国总统希拉克、总理若斯潘,意大利总统钱皮,东道国荷兰女王以及欧足联主席约翰松,还有球王贝利……

如果有谁把这球场众生相摄制成百米长卷,我相信它必然胜过世上任何天才画家的匠心。

欧锦赛从6月初开哨,迄今已大战了30场。想过瘾,就得阴阳颠倒、分心错神地泡在欧洲时间。有一种欲望,你不必说出,早已周身洋溢。有一种陶醉,哪怕你单身独处,也自觉与众生分享。啊,这就是足球!这就是让亿万观众如痴如迷、如醉如狂,抑或死去活来、大悲大喜的足球!话说6月29日那一场半决赛,法国对葡萄牙,恰值北京时间夜两点半,我因白昼为俗务纠缠,累得精疲力竭,没奈何,只得放弃直播,计划改天中午,补看录像回放。

夜里斑驳一梦,早起,坐中巴上班。途中遇小贩兜售《晨报》,赶紧背过脸去,虽然我明明知道,法葡这场对抗,最快也要拂晓才能收兵,任何日报,都赶不上发战地快讯,遑论晨报。知道归知道,心里总觉不踏实,生怕,生怕哪儿会不经意地捅出结果。

谢天谢地,乘客中没人议论欧锦赛,也没人收听无线电新闻。到站,转车,再到站,再转车,眼见离报社只有一站之遥,这时,风风火火地上来俩青年,立足未稳,一个就红头赤脸地大嚷:"真黑!外国的裁判也照样黑!"另一个撇着嘴搭腔:"关键时刻判点球,而且总是偏向强队!"

完了!心冷不丁地往下重重一蹾。毫无疑问,他俩谈的是法葡之战,结局明明白白:法国队凭点球获胜。

我恨,恨这两个多嘴饶舌之徒。你看了,你享受了,你就没事儿自个偷着回味得了,到这车上来瞎嚷嚷什么?一边忿忿,一边就忍不住狠狠瞪了他俩一眼。

打这一刻起,我便蔫蔫地提不起精神。足球的魅力,在于它的悬念,在于它的百挫千奋,生机迭出,在于它的变生眉睫,石破天惊。而现在,悬念已经冰消,种种渴望,焦灼,冲动,期待,也便纷纷跟着瓦解。脑袋瓜里,只剩得一片空白。

坏心情一直持续到晚上，持续到子夜，并带入荷兰对意大利的另一场半决赛。"橙色火焰"果然声威赫赫，相比之下，"蓝色海水"未免波澜不惊。一边是火随风势，风助火威，一边却是垒堤筑坝，固守不出。场上形势很快就呈一边倒。虽说我辈隔岸观火，不带任何偏向，但一场势不均力不敌的大赛，总难免使夜人昏昏欲睡。因此，当我看到左支右绌的意大利队被判严重犯规，由荷兰队踢点球时，我闭上眼，恍若看到亚平宁的原野在摇晃，罗马城的灯火在滴血，不禁长叹一声，按键关闭了电视。

关闭了电视并没有截断思路，即使在梦中，我也在编织纷纭的战事，荷意两队场上没能打出的，我用幻想尽情为他们补充。

30日上午没有出门，待在家里编稿。午前接了几次电话，每当铃声响起，我总是暂且按机不动，先猜测会是谁打来的，可能会谈什么事。内中有一位深圳的陈先生，告诉我刚从欧洲归来，曾到过法国、比利时、荷兰……我马上打断他的话，扯谎说："对不起，有人敲门，是小区管委会有急事。你先把电话挂掉，待会儿我给你拨。"

此后，我一直未给陈先生拨电话。我之所以急急把他打断，是怕他紧接着说出来："你看欧锦赛了吗？今晨，荷兰战胜了意大利。"尽管我确信荷兰队必胜无疑，意大利队没戏。但是，我却不愿由旁人提早说破。人是活在情绪里的，只要还保留一丝一毫的悬念——观赏离不开悬念，就像鱼儿离不开水——午后收看实况重播，依然和欣赏直播一样过瘾。

三分亢奋七分甜蜜地迎来午末未初，客厅的电扇突然停转，不好，停电！

脑袋嗡地一响，一股无名火直冲顶门。当下我恨不得立刻"打的"去城里，奔一家没有停电的宾馆，奔一台能正常接收中央五台的电视机。

绕室徘徊，口干舌燥，心急如焚。嘁！——妻子在一旁唠叨——"不就是一场球赛，而且是人家的球赛，胜也好，败也罢，与你都不相干，你呀你，你难受的什么劲儿？"我白了她一眼，懒得回答。鱼儿的快乐，唯有鱼儿自己心知肚明；足球之三昧，也唯有球迷最能心领神会，就像一首流行歌唱的，白天不懂夜的黑。

　　数番绝望，而又数番心存侥幸，总算盼到来电，还赶上收看一段荷意之战的结尾。莫名其妙，无论如何也想象不到，90分钟的激战外加30分钟的苦斗，比分竟是0:0！凌晨直播，那曾为我击节赞赏、深信不疑的，荷兰军团火烧连营般的烜赫，曾几何时，尽皆灰飞烟灭，相反，恍若岌岌乎殆哉的意大利将士倒把他们以"天下之至柔，驰骋天下之至坚"的招数，上演得有板有眼、有声有色。双方进入背水一战的点球攻守，荷兰队厄运连连，四轮点球打失三轮！意大利队则鸿运罩顶，四发炮弹命中三发！"蓝色海水"泼灭"橙色火焰"。

　　不能不感叹意大利人的后福。运气来时，挡都挡不住。意大利人在半决赛中如得神助，几番死里逃生，大难不死，最终攻城拔寨，挺进决赛。今日，7月3日，最后一战对法国，看来命运女神对他们依旧饱含青睐。意大利队一上来就猛攻猛打，虎虎生威，进入下半场不久，更率先攻破对方城池，并把1:0的领先优势无限延长。镜头推出了意大利队的主帅佐夫，饱满的天庭下稳架一副金边的眼镜，气定神闲，一副学者风度。随后推出的法国队主帅勒梅尔，触目惊心的是一只前倾的大鼻子，以及那双似乎要破睛而出的蓝眼珠。

　　这些日欧锦赛炒得很热。不光欧锦赛，凡沾上"卖点"的，什么都热。大至网络、基因，中至国际车展、达利美展、高考咨询，小至哪位侃爷骂了谁，哪位星姐又放了屁，等等。基因研究，破译人类生命密码，这件事值得密切关注。有科学家预言，未来的人类将可活到1200岁。1200岁，这是一个什么概念？打个比方说，就等于今夜费耶诺德体育场的看台上，还活跃着高俅时代以至荷马时代的浪子和诗人，或者说，场上这一拨生龙活虎的骁将，只要愿意，尽可以一直踢到31世纪！

神经突然松弛，想熄灯就寝。也许看到大局已定，不愿再多瞧法兰西将士徒劳的努力，也许感慨华筵将散，不忍再面对那寸寸落下的帷幕，我于是祈望早点鸣金。

朦朦胧胧，迷迷糊糊，一任时间飞快地流逝。86分钟，88分钟，90分钟，战斗转入伤停补时，解说员在一旁大声提醒："还有一分钟，谜底就要揭开。""意大利队粉碎了法国队的最后一次进攻。看来，世界冠军硬是和欧洲冠军无缘，除非出现奇迹。"他很聪明，没有把话说死，这该是经历多少生死大战才洞识的天机。说时迟，那时快，刚刚祝祷"除非出现奇迹"的解说员猛地尖着嗓子大叫："球进了！奇迹！""不可思议的事情发生了，还有最后10秒，法国队攻进了一个球，把自己从悬崖边拉了回来！"

地狱间凸现的天堂，绝望中抽生的希望，不免令人目眩神驰。

史诗何曾拘泥笔墨，大美由来倚仗望外。双方进入加时阶段，《马赛曲》不由分说地独霸全场。李尔先生的天才创作，在这儿找到了最佳喷火口。法国队挽狂澜于既倒，瞬间信心百倍，神勇无比。意大利队功亏一篑，顿时心慌意乱，手足无措。霏霏细雨，自高空飘下，飘下，可是在为谁祝福，还是在为谁落泪？意大利队的门将扑倒疆场，血染唇髭，敢情是不祥之兆？大张扬，大抒发，大纵横，大厮杀。拔倚天之剑，弯落月之弓。劲骑飙扫，怒乘雷奔。蛟龙腾渊，猛虎啸谷。涛涌霆震，鳌仰豹翻。——正当场内场外的球迷、电视机前因特网上的球迷毛发毕竖、眼花缭乱之际，法国队的一位球员，射进了让世界凛然一颤、哐当一响的一粒金球。

镜头立刻转向勒梅尔，这位法兰西人的高鼻梁教练，没有振臂欢呼，没有顾盼自雄，甚至没有改变软瘫在座椅上的姿态，只是愣愣地望着球场，仿佛还有点儿难以置信。

小女不知什么时候起床，躲在沙发背后观战。我的小傻蛋，再过四天就要参加高考——决定人生命运的殊死一搏，居然还有兴致在半夜三更偷看绿茵场上的生命狂流！

壁上的挂钟，指向四点一刻。摘下耳机，便隐去了鹿特丹的热浪。侧耳聆听四周，没有喧哗，没有嗟叹，也没有磕磕绊绊的碰响，但闻，楼上人家空调的冷却水，滴滴答答敲打着窗外的雨棚，以及，远处村落此起彼伏的狗吠。

须臾，又传来一片惊惶的鸟啼。

高楼垂钓

高楼临湖，这是都市人难得的福泽；而在阳台垂钓，则更添一重欣喜。昨日傍晚，我偶尔从阳台探出脑瓜，俯视16层楼的下方，看到乱石参差、秋水盈睫的湖畔，蹲守着三一拨两一组的渔人，心气禁不住微微一动，当即想：我要是把这阳台作为钓矶，凭空抛下百尺钓丝，那该多富有神韵！嗨，这想法果真通灵，心念甫转，眼前立刻幻化出一幅《高楼垂钓图》。它应该是李谪仙的手笔，不是杜工部的……咦，等等！李白、杜甫，怎么会跟丹青扯上联系？——怎么不会？你呀你，忒俗不是！你得往深层次想，你得进入两位大诗人的艺术生命！这心念落地生根，随风潜化，搅得我一宿没能安生入睡。今晨起来，阳台外恰值斜风细雨，俯窥，湖边寂寥无人，天假人便，正好供我一试身手。于是，经过一番紧张忙碌，我把钓竿固定在阳台，顺势抛出鱼线。你可以想象，那线很长很长，长得足可以放风筝。哈，不瞒你说，我用的正是风筝线。

这样长的线，通常是用于海钓。海上钓鱼，印象深刻的，记忆中只有一次，那是在印度洋上的一艘游轮上。从甲板到海面，高足有两三层楼，再加上海水尤深，深不可测，铅坠因而也就特大，鱼线因而也就奇长。那装备，那阵势，最适合用来钓鳌，令人想起狂客李白，动不动就"以虹霓为丝，明月为钩"，端的是何等气魄！或者适合用来钓蛟，像解缙拍皇帝马屁时所说的那样:"凡鱼不敢朝天子,万岁君王只钓龙。"我么,如今俯靠在16层楼的阳台,手持钓竿,活脱脱一副姜子牙垂纶磻溪的派头。冥冥中,一竿颤颤悠悠的青丝,由历史的那头凌空抛来,钓天下多少帝王将相、凡夫俗子。"太公钓鱼,愿者上钩",世事多半如此。磻溪在渭水,按理,姜太公的垂纶遗迹也应该在渭水,但是我近来看到一则资料,却说姜太公的钓鱼处在河北省的南皮。此论有何根据?限于精力,我未能加以细考。恍惚间,空濛岑寂的湖畔齐刷刷地伸出一排鱼竿,争钓一池绿波,而我,高踞在众竿之上,独钓满城烟雨。

现在轮到说说浮漂。浮漂亦称浮子、浮头,通常分直漂、圆漂、蜈蚣漂多种。我采用的是直漂,材料为毛笔杆,为此,不惜腰斩了一支狼毫小楷。虽说标杆被漆上醒目的红色,但是,从阳台注睛湖面,由于距离过远,看起来仍是十分吃力。瞅着瞅着,眸子始而发酸,继而发胀,发麻、发花,不得不抬起头来,转眼眺望别处。我就是这样,盯一阵湖面,再抬头看一会儿四外的风景,周而复始,乐此不疲。从阳台上望出去,东侧,透过钢筋水泥的丛林,隐约露出一线长街,我喜欢这幅浮世绘,妙就妙在车马行人,皆惊鸿一瞥,转瞬即逝;南侧,以及西侧,是烟柳迷蒙的园林,园林之外又有园林;而更远处,无复东南西北,在阅兵方阵般的千楼万楼千厦万厦之上,是城堡雉堞式的天际线,提醒你这是陷落在都市的涡心。

浮漂急速沉没,与其说看到,不如说感到,我紧握钓竿,屏气凝神,往右轻轻横拖,再可着劲儿上提,但听"泼剌"一响,水面金鳞乱闪,浪花飞溅,俄而手底一松,唉,鱼儿跑了!也许是因为丝线太长,提速太慢,也许是鱼儿只用唇吻轻触饵料,并未上钩,谁知道呢?不管怎么说,"跑了的鱼总是大的",心底顿觉空空落落。啊,假如我刚才把它钓上来了呢,我说是假如,这岂不又诞生一项新的吉尼斯世界记录?你肯定看过矶钓、船钓、筏钓、桩钓、桥钓,甚至树钓、风筝钓,但你绝对没有看过在百尺高楼垂钓。说实话，光凭这项创新，我就足可跻身钓界名人堂；而我这咫尺阳台，也将紧步庄子、韩信、严光、王郁之辈的钓台，缀名青史。何况，你没想到吧，钓上来的还是一尾会说人话的红鲤，有一连串更精彩的故事在后面上演……我被虚拟的幻觉迷住了：红鲤汪着眼泪请求我——宛然普希金笔下那条神奇的金鱼——它说："老爷爷，把我放回湖泊吧，为了赎回我自己，你要什么都可以。"哇噻！老夫我因放长线而钓得灵鱼，这不是送上门的阿拉丁神灯？这不是天上掉馅饼？要知道，自打少年时代接触普希金的长诗《渔夫和金鱼》，那个善良的打渔人的奇遇，不知在梦里温习过多少遍。如今"书生老矣，机会方来"，同样的一幕，终于轮到我来当主角。你说，我应该向红鲤要些什么？比方说，我要东海龙宫的夜明珠！我要西天瑶池的珊瑚树！我要曹雪芹巧夺天工、贾宝玉怡红快绿而今人谁也没福消受的大观园！我要——且慢！我真的需要这些吗？啊不，也许从前梦过，但现在绝对不会。在下早已过了知天命之年，悟透生活的镜花水月、暮鼓晨钟。如果硬要说"需要"，并在前面加上一连串"最"，那么我告诉你，在下目前最最最最……需要的，不过是一份自由的呼吸和健康的身心，如是而已，岂有他哉，岂有他哉！于是，听罢红鲤的请求，我二话没说，迅速乘电梯下楼，飞步冲到湖边，一边小心翼翼地解开钓钩，放它回归秋水，一边说："你安心地去吧，去吧，我不需要你的任何回报。莫迟疑，莫回头，这里绝没有什么阴谋或阳谋，有的只是一份普普通通的情谊。嗯，如果你感到过意不去，那么，有朝一日，当我漫步湖边，请你浮出水面与我搭搭话，聊聊天，那将是我莫大的欣慰。"

幻觉毕竟代替不了现实。实际情况是，这尾脱钩而去的游鱼，一定在大呼"侥幸！侥幸"，并且逢鱼必告："注意哪！注意哪！前面藻丛中那一串红得发光的香肠，是狡猾的人类下的钓钩，专门猎取我们鱼类的性命；你看，兄弟我只为一时贪嘴，结果闹得唇豁齿折、胆战心惊，险险乎脱不了身!"鱼们因此忠告,有的提高警惕,呼老唤幼,藏头护尾,潜往湖心深处。有的却偏不信邪,你越是报警,它越是头脑发热,怒气冲波,铁心要去挑战人类的陷阱。其中有一尾巨鲢,还特地邀上它的女友一道前往寻衅,发誓要谱写一支鱼界的《蓝色狂想曲》。

其实就我来说,并非刻意要猎取它们的性命。我呀,钓的只是一种心境,一种乐趣。王维《酬张少府》诗云:"晚年唯好静,万事不关心。自顾无长策,空知返旧林。松风吹解带,山月照弹琴。君问穷通理,渔歌入浦深。"这是闲钓,钓的是优哉游哉。郑板桥辞官归里诗云:"乌纱掷去不为官,囊橐萧萧两袖寒。写取一枝清瘦竹,秋风江上作渔竿。"这是愤钓,钓的是忧国忧民。柳宗元《江雪》诗说:"千山鸟飞绝,万径人踪灭。孤舟蓑笠翁,独钓寒江雪。"这是励钓,钓的是千古清气。茫茫然红尘,滔滔然欲海。欲无所不在,钓亦无所不在。入世者,参的是鱼龙变化。出世者,兴的是莼鲈之思。而我,身陷闹市,耳缠噪音,眼羡轻风,心系白云,图的不过是忙里偷闲,闹中取静。

怪,明明是首次在16层楼垂钓,潜意识里,却总觉得轻车熟路,一招一式都十分习惯而自然,难道是缘于曾经有过的梦境?甚或是缘于前世的经历?我就像这般神恍意惚,手持钓竿,俯立阳台,在斜风细雨中,渐渐地回到从前,回到少年。我已非复旧我,恍若变成了故乡小河的一弯鱼钩,一根钓竿。我这弯鱼钩的前生是缝衣针,通常为中号,偶尔也有为大号:把针拿来在火上烤热,烤软,然后弯曲,冷凝,就成了捕鱼的利器。我这根钓竿的前世是家前屋后的青竹:选择粗细适宜而又长短适手者,稍加烘烤,整形,就成了一杆威风凛凛的丈八长矛。那时节,我游弋于故乡的河沟、池塘,往往,一根丝线掠过青波,犹如一杆炸鞭甩进鱼族的水府。我最热衷的游戏,就是逗鱼儿上钩:当然,我像世上所有的猎手那样,将欲取之,必先裹之以饵,诱之以色、以香。鱼儿吞饵、上钩离水的刹那,无疑是大底下最醉人的欢乐。我与绿澜一起激动,与轻风一起舞蹈,与日月一道欢呼。至今记忆犹新:每当此时此际,心里总要"咯噔"一下,那是欢乐冲开闸门,浩浩乎涤骨洗髓,汤汤乎一泄汪洋。可惜我高中毕业离开老家北上京华求学求职以来,三十多度春花秋月,一万两千多轮日出日落,或格于形势,或囿于生计,基本上与垂钓绝缘,直至数年前,老来有闲,童心复萌,才重新亲近钓竿。

　　铃声刺破寂静。不是鱼铃,是电话铃。我快步返回客厅,拿起听筒,电话那头劈头盖脑地扔过来一句:"卞老师,你喜欢钓鱼吗?"我一愣,狐疑地瞅了瞅话机,这是普通电话,并无尖端的可视装置,退一步说,纵使有,从客厅到阳台,中间还隔着一个卧室,对方也不可能瞥见架在那儿的鱼竿。于是,我反问道:"老唐,你怎么突然问起钓鱼?""是这样的,"老唐是我的文友,在河南林州任教委主任,他解释说,"我在一个水库边钓鱼——就是上次陪你游过的那个——你猜我方才钓到了什么?一条大青鱼,足足有五六斤!我觉得整个世界都被我钓起来了,特激动,特幸福,特有成就感!忍不住打个电话告诉你,让你和我一起分享生命的高峰体验。""当真?""当真。""不骗我?""怎么会骗你!"啊,太好了!太妙了!这是什么?这就叫"心有灵犀一点通"!生活中常常有如斯的瞬间——亲爱的读者,不知你是否也和我一样——脑海里刚刚莫名其妙地浮现出某某的名字,某某的电话就破空而至;我说是常常,就排除偶然,排除碰巧,这里面必定有某种科学层面的感应。今天的情况更能说明问题:两位相隔千里的老友不约而同地举起钓竿,冥冥中,一定有目前人类还不能捕捉的脑电波在脉脉沟通。

　　回到阳台,湖边冒出一朵大红花,不,红伞,伞下依偎着一对情侣。卞之琳的《断章》说:"你站在桥上看风景,看风景人在楼上看你。明月装饰了你的窗子,你装饰了别人的梦。"眼前的景致是,情侣在湖边观鱼,我在阳台上钓鱼,而在肉眼不及的高处,想必也有一线袅袅的青丝在钓我。这禅悟使我心凝形释，物我两忘。不知过了多久、多久，直到一缕清风袭来，拂得我打了一个激灵，思维才急速闪回眼前，才又重新链接上卞之琳。卞之琳因《断章》而扬名显姓，我呢，仅仅因为与之同籍同宗，也常常被误认为是老先生的传人，被错当作"楼头桥上"的风景。老先生耍了一辈子笔杆，留下一首传世的《断章》，总算聊堪自慰。比《断章》更短的幸运者亦有，唐人崔信明的不朽之作就只有一句五言："枫落吴江冷。"这一句，不啻一尾鲜蹦活跳的红鲤。

怕惊扰湖边的情侣，我祈愿水里的鱼儿走开，不要咬钩；我宁愿空守钓竿，也要留住眼前这幅亦古典亦现代的风景。

鱼儿讲话了："你这个上不着天、下不着地的大傻瓜！没听说过世事连环，互为因果吗？你钓鱼，岂知鱼也在钓你。人能任凭风浪起，鱼也能任凭银钩闪。倘若任人钓鱼，而鱼都不去钓人，这鱼生还有什么滋味？人钓鱼，在某种程度上也是钓人。鱼钓人，却永远不会去钓同类。人鱼相钓，人能为饵，鱼亦能作钩；人钓的是情，是时，鱼钓的是缘，是运。在这点上，姜尚显然比你聪明，他老谋子在渭水抛下的，是一根直溜溜的缝衣针，既无弯钩，亦无香饵，离水三尺，悠然垂钓。"

我明白这是幻觉。或许因为年华老去，思维涣散，或许因为在一点上琢磨得太久，走火入魔，近来常常神魂撩乱，想入非非。关键是我喜欢这幻觉，沉缅这幻觉，纵容这幻觉。我对鱼儿说："照你这么讲，凡钓皆含缘分。纵目眼前，你和我之间，天和雨之间，高楼和绿水之间，情侣和阳台之间，一切皆因有情有缘，一切皆为造化左右。那么……"

浮漂疾速沉没，转眼又冒上来，再沉，再冒，大扯大动，大起大落。我站稳身子，不慌不忙，笃笃悠悠地提线。须臾水响，浪涌，线绷，竿弯，鳞闪；情侣从伞底探出头来，男子振臂欢呼，女子跃起鼓掌。哇！钩住的不是一条，是两条，一大一小，惊得湖面的野鸭嘎嘎乱叫。

星明欲坠下的千斤顶

车在路上，路在东北大平原上，大平原在长白山的臂弯里，正是晚间九点，漆黑的旷野，无边无际的寂静，还有清冷，还有神秘，星斗喧闹在童年熟悉的天宇，虫声唧唧自路旁幽香的草丛，轻风弄影，暗露沾衣。当此时，如果不是长驱急驰的越野车左后轮突然泄气，也就是爆胎，一行风尘仆仆的朝圣者在此歇脚小憩，与星辰、夜空以及山川草木作一番即兴交流，纵然散漫肤浅，也是红尘难得一遇的灵境。

然而左后轮不幸瘫痪，司机和陪同一边嘀咕，一边迅速卸下报废了的轮胎。往上装备用的新轮胎时，却又傻了眼，不知是千斤顶和车型不配套，还是因为路面坑洼不平，总而言之，难以把后轮抬到应有的高度，这就没办法顺利作业。有人建议找块石头，用以垫高路面，大家伙于是分头寻觅。按说这里靠近长白山，石头应该不稀奇，但这是平原，是公路，碎石子倒有，成型成块的却无。又有人建议弄段树干来垫着，长白山在远处听了一定会失笑，路旁大树倒有的是，可尔等谁是当代鲁智深？倘若果真有鲁智深倒拔垂杨柳的膂力，一伸手不就能把越野车的后轮抬起，又何必非要野蛮地伐木！

没想到吧，没想到在这长白山的眼皮底下，却让尔等尝到了山神爷的厉害。多少年了，倒也是痴心一片，尔等执意要来，不来不舒心，不来不死心，终于下定决心，上路！机翼剪过蓝天，轱辘碾过大地，冒着风，冒着雨。长春的友人们曾经阻拦，说阴雨天根本上不了山，就算上去，也是云雾弥漫，啥也看不见。尔等说不怕，访幽探胜原本就是情绪账，去了，就意味着满足，能揽镜天池，飞吻悬瀑，当然够味；而一切都被云遮雾裹，浑然不辨，也是别有情趣。就像那个叫王子猷的古人，雪夜驾舟去访问友人戴逵，整整折腾了个通宵，眼看就要抵达戴逵的家门口，却又悠然掉转船头，乘兴而去，兴尽而归，图的就是个自得其乐。

自然话说得这么通达，那就任由你们去经历体验。一行人是午饭后从长春启的程，经过七八个钟头将近五百公里的颠簸，倒是把风啊雨啊的全甩在了身后，谁知目的地在望，却来个马失前蹄，不，后蹄……

夜凉如浸，星明欲坠。回想起下午这一路，扑面但见清一色的绿。原野是绿的，绿得开朗，峰峦是绿的，绿得洒脱；水是不多，偶而有河流湖泊闪过，便更见碧玉般的通灵、剔透。鲁迅在论及南方人和北方人的个性时，曾说：北人的优点是厚重，南人的优点是机灵，但厚重之弊在愚，机灵之弊在狡，所以从相貌上看，北人长南相或南人长北相者为佳。此说也适用于地貌。北地多粗犷，南国多秀丽，而秀丽镶嵌北地或粗犷入围南国，则就成了天造地设的绝景。试看这沿途景致，不乏南北结合的佳构。遐想那长白山上的天池，群山呵护环绕，云霞缥缈出没，时或腾波裂岸，掀天陷日，时或缭青萦白，珠迸玉碎，既拥北地之伟岸雄阔，又秉南国之妩媚灵秀，难怪她永远在前方如此吸引游人的心跳。

石块找不着。没有斧头、锯子，树干也伐不来。陪同说不如拦车，请求过往车辆的援助。司机说："别别，这么晚，这么黑，又在这种荒凉地段，换了你，你敢停？"

没奈何，只得继续在千斤顶上动脑筋。

天上的星斗啊，可也是在笑我们吗？啊不，你们这笑容是经过了多少光年如今才到达地球。纵观天宇，那亮如钻石的，都是大宇宙在遥远而又遥远的从前发出的视觉的垂询。古人无法及时接收,今人接收到了却又茫然不解。时空不一,彼此隔膜相对。当然,这是就人意而言的。倘若换一个角度,比如说,站在山川草木的立场,站在清风玉露的立场,或者竟站在太空星球的立场呢?噫,其结果将是微斯"球",吾谁与归?

一念间想到了池田大作,因为昨天刚读完他的《佛法与宇宙》。由池田又想到了汤因比,他俩关于21世纪的对话曾风靡一时。当有人问到汤因比,如果允许他在世界历史的任一瞬间重新降生,他将选择何时何地?汤因比说,愿意降生于公元前1世纪的中国新疆也就是那条刚刚兴起的丝绸之路上。同样的问题,我也曾问过新疆的一位诗人,他却说,降生的时机无所谓,但愿永生于餐风宿露、精诚万状的朝圣之旅。

我们现在也是在朝圣,不知够不够得上精诚万状?

司机在一刻不停地忙碌。一会儿打开汽车后盖,察看每一件携带的物品:西瓜、油壶、旅行箱、旅行袋、棉被,目光似乎在棉被上闪了一下,随即又熄灭;一会儿又在路旁的丛林间敲敲打打,踢踢踏踏,苦苦搜寻。

真想说算了,今晚索性就在这露天过夜,车上不是带有棉被么,享受一下北国大平原上的夜景,宁非天赐?将来回想起这一幕,也必定是余味无穷,恍若神仙。

但司机才不会这么浪漫,他的全部意志,就是要使"马儿"重新上路。司机的锲而不舍带动了全体,大伙儿一起攻关,终于顺顺当当地垫高了千斤顶。你一定好奇,想知道那玩艺儿是怎么被垫高的。说来可就是简单之极,还是文化的高度在起作用。多亏我行囊里携带的那三册精装巨制(书名也就免说了),把它们码在一起,就成了一座小小的工作台,本来是用来旅途中阅读的,情急之下,就先拿它们垫高了千斤顶。

泉城听涛

小住泉城，下榻一家以"泉"入名的酒店，听了一宿的涛声——涛声？此地远离大海，距浩荡过境的黄河也有20多里之遥，哪来的波喧浪哗？唯有中央空调，兀自洋洋得意地嗡嗡着，关掉吧，嫌太热，室温坚守在33℃，居高不下，打开，又嫌太吵，害我心烦意躁，辗转反侧……

莫知过了多久，瞿然而醒，侧耳谛听，"哗——！哗哗——！"似海浪卷过沙滩；俄而，"溯——！溯溯——！"若惊涛撞击岩石。怪事！我这是在哪儿？——嗯，在泉城，高卧在一家酒店的22楼。夜色未央，电脑在休眠，电视在假寐，走廊人杳，隔壁酒楼的灯火阑珊，远远的市声也歇了，散了，隐了，枕畔何来的涛吼？

宁非幻觉？

须知，五亿年前，这儿属于汪洋。一亿八千万年前，伴随莽烈的燕山运动，海底才隆升为陆地。澎湃过，鱼龙出没过，那些曾经的潮涌潮落、鸥舞鸥翔、鲸鼾鲸息，必定有一部分记录在地表下的水成岩，犹如早期唱片上的纹路，今夜，则借了我心灵的拾音头，重温《涛声依旧》。

时光溯流。沧海横溢。人类从海洋中走出，人类却再也难以回到海洋，只能望洋兴叹。昨天，不，前天，正是为这远古的"自由的元素"（普希金语）所祟，我去了济南博物馆，想弄清泉城地壳变迁的演义。

步入第一展厅,我不无失望,博物馆展览的是"有史以来"——它不管天地玄黄,宇宙洪荒。

馆不大,仅两层。徐北文撰写的前言,概述的是九千年以降的文明史,从后李文化到北辛文化,迤逦而至大汶口文化、龙山文化。彼时,那时,海陆定位,人类启蒙,文明起步。徐先生指出,五千年前,济南属于东夷,领导者名舜,曾躬耕于历山,"他的孝友仁爱的品德受到人民的拥戴,成为儒家的理想——天下为公、世界大同的典范"。啧啧,这是另一种海洋,思想的巨浸,道德的沧溟,不由得让人肃然起敬。

舜曾经耕作的历山,即今日的千佛山,坐落在泉城的东南隅。博物馆借势,紧偎其脚下。我下榻的酒店,也借它的风水:崇刹高栋,苍松翠柏,推窗即见。出酒店不远,更有"舜井"之古迹,"舜耕""舜田""舜华"等古意斑斓的地名。舜是一个如日月经天、江河行地的古帝,一个未经注册、即便注册了也无人理会的公用商标,皇皇神州,东西南北中,到处有人打他的旗号。我是一个业余考古学者,一个超脱任何地域之争的自由派分子,凭我多年在古文字(甲骨文、陶文)中的爬梳剔抉,刮垢磨光,我敢断言,以泰沂山系为中心的海岱地区,是中华文明的发祥地之一,在四千年前那场人与洪水的生死搏击中(以大禹治水为标志),泰山、沂蒙山及其周围的高地,扮演的是东半球的"诺亚方舟"。

说说就扯远了,打住。博物馆虽小,却尽有使我眼前一亮的展品,比如那些鼎,那些鬲,那些簋与甗,爵与盉,无论材质为陶为铜,基本是圆口,三足(只有一尊商鼎,方口,四足),难怪成语要说"三足鼎立"。想起了老子《道德经》中的话:"道生一,一生二,二生三,三生万物。""三",显然是"道"的最高境界了。站在这些造型简洁、落落大方的三足容器前,我忽然想到了数学、物理和艺术。古人对数的认识,应是始于一,进于二,飞跃于三,一为原始,二为进化,三为圆融。圆口容器凭三条腿稳定支撑，显示泉城初民已具备相当的数学、力学和美学修养。

心血因庄严感、神圣感而来潮，昨天上午，我趁兴登上了千佛山。人的天性就是往高处走。宇宙间如果有天梯，相信大家都会往上爬。曾有人问一位登山家："你为何要攀登珠峰？"答曰："因为它在那里。"而今我登上千佛山，也是因为"它在那里"。这是一处超然世外的所在，不但可以近瞰城郭，俯窥街道，还可以远眺黄河，极目"齐烟九点"。但那是过去式了，因为雾霭迷离，云气氤氲，仅勉强辨出城区的大概，至于地平线上的黄河，以及其他什么峰、什么峦，皆隐而不现，只能向记忆深处搜寻了。兴冲冲上山，快快下山，将登缆车，忽见在城东北方位的一角，雾破云开，露出一柱擎天的华不注（俗名华山）。瞬间怔住，脑袋嗡地一响，仿佛接到上帝的信息："你与它有缘！"脑筋急转，立马联想到学界有关"华夏"二字的诠释。金庸有次在北大演讲，他认为，华夏的"夏"，取自夏王朝的国号，"华"，则取自五岳中的陕西华山之"华"。是耶？非耶？总归是一家之言。迎风一擞，想，"夏"之来源，似成定论，"华"呢，尚有待斟酌——焉知不是取自眼前泰山之北、黄河之南的华不注之"华"？！

哈哈，又扯远了。还是回到济南博物馆，回到徐先生的前言。济南立城，南依泰山，北临黄河，"茂密的山林涵养了丰沛的水源。在市中心涌出四大泉群，以趵突泉为首的七十二名泉，以'家家泉水，户户垂杨'而闻名天下"。少年时读刘鹗《老残游记》，拍案惊奇、过目不忘的，首推这"家家泉水，户户垂杨"——简直是一处桃源胜境呐。其次，则数白妞唱曲——那声音在极高极高，像一线钢丝抛入天际之后，犹能回环转折，几啭之后，又高一层，接连有三四叠。真是金声玉振，勾魂摄魄，猜想她一定是得了清泉的滋润，才调养出这么一副好嗓子。

元人赵孟頫的诗云："泺水发源天下无，平地涌出白玉壶……云雾润蒸华不注,波涛声震大明湖……"公认为咏趵突泉的名句。趵突泉之奇,奇就奇在它对"水向低处流"的宿命的反叛,三股大呼大叫、昂首直上的玉柱,展示了水族的嘉年华,泉在,歌在,豪情在,激荡在我耳畔的《涛声依旧》,宁是包含了它的回音?关于济南人的性格特征,坊间多有评析,诸如敦厚、阔达、宽容、儒雅、多大节等。窃以为,还应加上一条,即势如鼎沸、形若玉壶的涌泉气度。

仍旧回到徐先生的前言。他又说:"泉水汇成了大明湖,发源为长达六七百里的小清河——一条通海长河的源头居然是在繁华大城市的中心,可称世界之最。"济南地面布满了泉眼,"七十二名泉"云云,只是代表。本世纪初,吾师季羡林跟我说起,他6岁从老家清平到济南,那时,人家的地板下,街道的石板下,都压着泉,走到哪里,都有泠泠淙淙的泉声。泉出世奔流成溪,千溪万溪汇聚成了大明湖。我最初也是从《老残游记》得悉,大明湖有两副楹联,名闻天下。其一,在铁公祠:"四面荷花三面柳,一城山色半城湖",作者不详(有说刘凤诰);其二,在历下亭:"海右此亭古,济南名士多",作者为唐朝诗圣杜甫。前者,写活了济南;后者,应是历下建城以来,最富文学品味兼人文精髓的一则公益广告。

人托山水而寄情,山水因人而增色。古代的济南名士,最沉雄豪迈而又清新妩媚的,数辛弃疾,大明湖南岸有他的纪念祠:"铁板铜琶,继东坡高唱大江东去;美芹悲黍,冀南宋莫随鸿雁南飞。"(郭沫若撰联)最具才女气而又作金石声的,数李清照,她的纪念堂紧挨着趵突泉:"大明湖畔趵突泉边故居在垂杨深处,漱玉集中金石录里文采有后主遗风。"(也是郭沫若撰写)现代的名士,我独钟老舍,他曾客寓济南四年有半,为之留下20多篇情真意切的散文,这个数字,超过他为其他相关城市所写的作品之和。

笔者不才,此番作客泉城,也拟效仿前人,为它留下一幅文字的剪影。昨天登千佛山，就是想借它的高度，鹰瞵鸟瞰，寻找某种创作的新鲜意象。怎奈天公不作美，只好怅然下山。心有不甘，临时决策，下得山来再上山——上百里外的泰山。寄望从"一览众山小"的绝顶，返身观照，觅取天机一现的灵感。

说出发就出发，日斜动身，披星赶回。人是累了，精疲力竭，草草洗浴，狼狈就寝。谁知半夜又被恼人的涛声吵醒，"哗——！哗哗——！"似海浪卷过沙滩；"潲——！潲潲——！"若惊涛撞击岩石。硬着头皮听，不听也得听，一会儿疑是幻觉，一会儿又认定是直觉……

咦，涛声里怎么有马达轰鸣？还有隐隐约约的人语？还有空调的嗡嗡？粗鲁的嗡嗡！该诅咒的嗡嗡！这是在哪儿？这是在哪儿呢？我使劲睁开，撑开沉重的眼皮，哇！梦醒，原来是梦——但见敞亮的玻璃窗外，林立而参差的高楼之外，云蒸霞蔚、万木奋发的千佛山顶，正缓缓吐出一轮红日……

泰山击掌

跳下缆车,疾行百余步,前面就是南天门。

站在南天门朝下看,凸凸凹凹、曲曲折折的石磴,一望不见底,再望仍不见底,宛如天界垂下的一挂云梯。

"那下面是十八盘?"夫人问。

"是啊,"我答,"这是主路,泰山的险绝,尽在这里,攀登的艰苦和快乐,也尽在这里。"

"秦始皇泰山封禅,是怎么上来的呢?"

"当时还没开凿十八盘,他下令专修了一条车道。"

"车道?秦始皇乘的是马车,上不了山,怕是坐步辇抬上来的吧。"

"可能,"我查过《史记》,"司马迁没留下记录,仅说到途中遇雨,躲入一棵松树下暂避。雨歇,称松树护驾有功,封赠'五大夫'爵位。"

"杜甫咏泰山,标题为'望岳',末尾讲'会当凌绝顶','望',是远眺,'会当',表示总归、定要,从逻辑上讲,他并没有登上山巅。"夫人思维跳跃。

"至少创作地点,是在山麓。坊间也有异议,有人翻出杜甫晚年的忆旧诗《又上后园山脚》,其中有句'穷秋立日观,矫首望八荒',证明他登上了日观峰。我认为,创作地点与最后登顶,是两码事。何况

《望岳》指出'齐鲁青未了',当在春夏,《又上后园山脚》点明'穷秋立日观',应在深秋,季节有别,两诗不能混为一谈。"

"我倒想看看杜甫是怎么爬山的。"

"和老百姓一样啊,手脚并用,气喘吁吁,汗落如雨。"

"杜甫的胸襟、器识不一样。"

"那是,他一路念叨着'岱宗夫如何'。"

"姚鼐的《登泰山记》,你还记得吗?"夫人思维又宕开了。

"记得,姚鼐说'由南麓登,四十五里,道皆砌石为磴,其级七千有余'。他指的南麓,就是现在的南线。"

夫人再次窥探十八盘,但见影影绰绰的登山客,一耸一耸,一蹭一蹭,如潮水般级级推涌。

庆幸,抑或遗憾,我们一阶未迈,"凭空""飞"上了南天门。

转身,直面天街,发现从十八盘上来的游人,无论男女老少,几乎人手一根藤杖,也劝夫人买一根。

"前面没有多少台阶了。"她说。

"还有上千级哪,来回就是两千,你右膝动过手术,要注意保护。"

"要买也是你买,你去年打羽毛球,扭伤左踝。"

这语去言来,皆点中各自的要害。说实话,夫人和我,按养生法则,都是不宜登高的一族。

但是我俩忽发少年狂。这登山的事,是夫人首先提出的,此番赴泉城之前,她就策划:"无论如何要登一次泰山。"

我充分理解。泰山,是平原世界的珠穆朗玛峰。自从盘古举起大斧,开辟鸿蒙,她就成了伟大且崇高的象征。历代帝王尚且为之折腰,吾辈平民,但凡有可能,谁不想过把扪天为近、窥地为远的瘾。

夫人以前来过济南吗?来过。既然来过,为什么没有攀登泰山?啊,不是不想,是不能。十多二十年前,夫人劬劬辛劳,积累成疾,右膝提前"退休",走路都吃力,遑论攀岩爬坡。近年经过治疗,功能大大改善,是以才按捺不住,跃跃欲试。

昨晚,在下榻的一处旧式名苑,我俩迟迟没有安枕。我是因为地处闹市,房舍轩敞,不隔音。她是因为我没入梦,便坚持不寐,怕睡着了打鼾,扰我酣然。

晨起,我不言退,她更是兴致勃勃。

于是出发,旅行车送抵泰山脚下,观光车送至中天门,缆车送上南天门,下临幽岫穷崖、深涧巨壑。我有"恐高症",从前不敢俯觑,觑之则目眩魂悸,冷汗直冒,此番却一路鹰瞵鸟瞰,瞅个仔细,倒也从容不迫,镇定自若。

"你这会儿不恐高了。"夫人看在眼里。那年同乘骊山索道,她笑我紧闭双目,状如胆小鬼。

"这缆车已坐过三四次,轻车熟路,见惯不惊。"我一笑。

南天门是打卡点,人人珍惜"到此一游",我亦不能免俗。

"你往右移一点。"夫人负责拍摄。

"再右一点,左边有人。"

待会儿换成夫人留影,我接过她的手机,举起略瞄一瞄,连按几下,得,完事。

爬了数十级台阶,"南天门的'南'字,没有照上。"夫人在身后嘀咕。

"不行,回去重拍。"夫人说。

"照了'天门'两字,就行了。"我拒绝返回。

"楹联也没照全。"

"我是拍人,不是拍楹联。"夫人退休之后,迷上摄影,那是一门专业,有许多讲究,我是门外汉,难入她法眼。

天街靠内一侧,商铺麇集,吆喝旅游纪念品与各式小吃。

"缆车抢去了大半生意。"我说。

"不会吧，缆车载来了更多的游客。"她反驳。

"缆车使游客不费吹灰之力就登上南天门，导致他们踏上天街，就争先恐后、迫不及待地直奔山顶。"

我们也是这样，挎包里有水，腹中有食，脚下有劲，自然忙着赶路。呵呵，毕竟年纪大了，腿脚又不利索，同游者出于照顾，总是走走停停，让我俩多休息一会儿，多看一眼沿途的风景。

阳光薄明，山风峭寒，俯视深谷，有云雾嬉戏、紫青缭白。

杜诗"荡胸生层云"，就是这意象。

我转头寻找飞鸟，却见一乘滑竿悠悠地移过来，移过来，乘客是位年长的男子，半卧，着米色休闲服，戴大号墨镜。我注意轿夫的脚步，走的是"之字形"。尔后追上来的挑山工，走的也是"之字形"。

"冯骥才写泰山挑夫，就写了这种'折尺形'走法。"夫人读懂了我的眼神。

"这是种学问。"我陷入沉吟。

"每一步，都踩着前人的脚印。"夫人跺了跺脚。

是触景生情，还是别有所指？

"真希望有一种摄像仪，把这些古今的脚印层次分明、井然有序地拍出来，公开展览。"我索性顺着她的思路遐想开去。

"那脚印会是什么样的呢？"夫人接话，"有赤脚、木屐、芒鞋、布鞋、运动鞋、登山鞋……"

"裹小脚的，无缘留下脚印。被抬上山顶的，也不会留下脚印。"我补充。

"倘若搞展览，起个什么名字呢？"夫人蹙额。

"就叫'泰山脚印'。"我不假思索。

随着这些视犹未视、不视犹视的脚印，逶迤来到碧霞祠。这是道观，供的是碧霞元君。

曩昔到此，烧香要付高价。如今，每客免费提供三炷香。山门楹联曰："玄门日会龙门客，道院时接翰院宾。"我们千里迢迢来此，不是贵客也是远客，免费敬香，是待客之道。

我和夫人祝祷如仪。道教奉老子为教主，老子讲"一生二，二生三，三生万物"，在我俩，则是"一生二，二生三，三生万愿"的了。

许愿，默祷的是心灵的憧憬。

我的默祷，涉及今天这个特殊的日子。夫人似乎毫无所感，只顾里里外外地拍照。

出得碧霞祠，继续爬坡，登上天柱峰。这是泰山的最高点，也是玉皇殿所在，又称玉皇顶。

殿上匾额大书"柴望遗风"，游客莫名其妙，亏得导游解说，古代帝王登上泰山，都是选择在这儿烧柴祭天，望祀山川。

殿内有楹联："地到无边天作界，山登绝顶我为峰。"

夫人说："我登上绝顶，知道自己始终是一粒小石子。"

妙！这话跟谁学的？

院中屹立巨碑，标注"泰山极顶，1545米"。

夫人说："这是旧说。国家测绘局本世纪的数据：1532.7米。这是新闻。"

也妙！多年夫妻，耳鬓厮磨，思维方式与遣词造句，说不清谁潜移谁，谁默化谁。

想到预先查阅的泰山名言，脑筋急转弯：

"长江不拒细流，泰山不择土石。"

——我更愿"长江不拒滚滚，泰山不择岩岩。"

"有眼不识泰山。"

——也有人生了眼，专门用来看泰山。

"一叶障目,不见泰山。"

——人是活的,把脑袋移动一下,千叶也遮不住泰山。

"会当凌绝顶,一览众山小。"

——"今我凌绝顶,一览众山高。"天柱峰的挺拔天表离不开层峦叠嶂的簇拥,每一峦每一嶂都有其不容小觑的峥嵘。

"泰山崩于前而色不变。"

——怎样才能做到这一点?不能等事到临头再决策,而是值其未兆,先练就泰山特有的那种本色,即泰山精神。

随后来到大观峰石刻,导游略加介绍,便说:"这是泰山的人文精华,诸位慢慢欣赏。"

好大好大的一堵摩崖,不啻是历代书法威武雄壮的展览——也是另一种脚印,以蓝空,不,以乾坤为背景的文化脚印、艺术脚印。那些帝王的、名士的真草隶篆瞪大眼睛望着我,仿佛在等待点赞。我玩味过多次,激情归于平淡。夫人是头一次来,兴致正盎然,她浏览一遍,坦率地发表高见——此处海拔将近一千五百米,说出的每句话都是"高见":"唐玄宗的字雍容,有盛唐气度;康熙的字瘦挺,似他晚年的一张画像;乾隆的字潇洒,他年轻时是帅哥。"又说,"在泰山刻字,不能小气,你看居中的'壁立万仞''青辟丹崖''置身霄汉'三幅,字体最大,最抢眼。"

我的目光落在崖顶的"星辰可摘",李白夜宿山寺,朗吟"危楼高百尺,手可摘星辰",可惜那山不是泰山,否则,玉皇顶的高度至少往上增百尺……思绪被夫人打断,她问我:"你的看法呢?"

"好,都好。"我说,"状元是金榜题名,泰山刻石是千秋留名。"

"你想题刻吗,左下角还有空白。"夫人逗我。

"那里曾经有题词的,"我摇头,"或是其人垮台,或是今人瞧着不爽,铲掉了。"

雕镂于碑石，何如雕镂于人心。

"你今天特别兴奋，难道仅仅因为爬泰山？"夫人终究瞧出点异常。

"呃，不完全是。"

"还因为什么？"

"你应该晓得的。"

"不晓得。"看来她是疏忽了。

"今天几号？"我提示。

"5月10号呀。"她答。

"农历？"

"癸卯年闰二月，现在是三月。"

"我告诉你，今天是三月二十一。"

"啊，这么巧！你怎么不早说？今天是你农历80岁的生日！难怪，难怪你昨晚一宿没睡好，太激动了！"

夫人与我击掌庆贺。

掌声为峡谷收拢，释放，再收拢，再释放，犹如泰山此呼彼应、连绵不绝的祝福。

日月岛放飞

晨起，一拉窗帘，扑睫而来的芳草，蒙蒙茸茸，芊芊绵绵，如茵，如绣。仔细看，每片叶儿，都托着、挑着晶莹的露滴若珠；每颗露珠，又都映着一簇金箭似的霞光若锦。仿佛——瞬间想起禅宗的一桩公案，世尊在灵山拈花示众，众皆默然，唯迦叶独得谛旨，破颜一笑。嘿，这儿不是迦叶，是草叶，草木不经花传，直接悟道：这是北纬三十三度的金秋，它们正迎来生命最豪奢的挥霍。

满怀激动，且感喟，索性走出茅庐（诸葛亮在隆中高卧的那种），走近草坪，贪婪地欣赏：遍地浓翠，不仅占据了空间，也占据了时间，不仅染碧了肺叶，也染碧了过路的风、觅食的鸟、游荡的云与影，像梵高《星空》的画境。

久蛰城市的钢铁水泥丛林，难得看到这份恣意潇洒、超凡脱尘的绿。

绿是生命的底色。啊，文学艺术也有生命，它们的底色也应是绿。绿是自然。绿是生机。绿是橄榄枝。绿是康乃馨。

当然还要有红。红是热烈。红是奔放。红是鲜血。红是火炬，大纛，阳光。你看，就在这一望无际的绿毡、绿毯中，也穿插了一片姹紫嫣红。那是精心设计的"花龙""花凤"，时令虽已入秋，犹自迷霞错彩，艳艳欲燃。如果说景观也有韵律，讲究抑扬顿挫，那么，草木是抑，花卉是扬，茅庐是顿，曲径是挫。

曲径走到尽头，是一排五彩斑斓、美轮美奂的建筑：风味餐厅、时尚茶社、精品书画轩、日月畅想馆、太空乐园等。左侧，毗连亦旷达亦野趣的绿地广场、月牙湖泊、彩虹滑道、梦幻码头；右侧，邻接诗意浓郁的竹海梵音、紫薇花海、逝去的年轮、侨驿桥。这都是供游客打卡的，心情想怎样放飞，线路就怎样自由组合。

我是来寻求宁静——近来，写作陷入困顿，表现为神经疲乏，思路艰涩，灵感枯竭，遂趁返回老家射阳之机，暂时抛开，找了这处清幽闲雅如桃源仙乡的民宿，给混沌的大脑放几天假——因此，径直穿过景区大门，穿过环岛跑道，避开晨练的红男绿女，专拣荒僻小路走。走走就走远了，这是一处原生态的乡野，风景是三百六十度的，全方位的。天，出奇地蓝；水，意外地清；花，任性地红；鸟，纵情地喧。仰看，云淡风轻；移步，傍花随柳；左眄，小桥流水；右睇，残菊疏篱。哎，这一切，这一切，仿佛在哪儿见过——仿佛？仿什么佛？蓦然又想起了那桩公案，弟子迦叶已然莞尔，而我，千载之下的我，犹茫茫然如当初的众位弟子，满脸惶惑，一头雾水——噢噢，想起来了，想起来了，这是唐诗宋词的经典场面，儿时谙熟了的，借助《芥子园画谱》画惯了的，夜阑梦回动辄悠然神往的，如今真真切切、清清新新、爽爽朗朗地呈现在眸底，活似唐人宋人哪部卷帙间滑落的一幅插图。

转而怅然，若有所失的是，啊不，若有所得的也是，其间点缀了若干或立或卧或秀或皱的"飞来石"，以及或挺或偃或盘或曲的古木，以及杜甫草堂式的茅舍、野渡无人而自横的扁舟……提醒我这仍是景区的辖地，出于匠心的独具。

大美，在于经意与不经意之间。

我把自己扔在这隅乡野，忘了写作，忘了浮名，忘了餐饮，也忘了翻看手机……直到暮色如烟才学倦鸟归巢。

次日，我把自己交给了湖上摩托艇，交给了粼粼、湛湛、浩浩与汤汤。孔子说："仁者乐山，智者乐水。"我乐水，居京最爱的是昆明湖；卜宅，首选的是临河；旅游，最喜的是览海观潮。但我绝非智者，相反，亲近的人都说我呆头呆脑，傻里傻气。这不，驰艇碧波，我一路乘风破浪，一路傻傻地引吭高歌，把平生的所学所听所记，挨个儿唱了一遍，管它五音不全，管它忘词跑调，旁若无人，旁若无神无仙无世界。唱完了，实在想不出还剩哪首没唱了，便一改为狂吼。古人钟爱啸，撮口作声，"天门一长啸，万里清风来"，何等豪阔！"抬望眼，仰天长啸，壮怀激烈"，又是何等慷慨！奈何我嘴笨，学不来，只好作粗喉大嗓地吼。我把小艇泊在湖心，奋举双臂，昂首挺胸，状若拼命三郎，堵足丹田的元气，将雄浑滂沛的"啊"音拽成幽幽沉沉的"吽"（读 6u），及之渐微渐弱，犹自循环往复，声声不息。

恍惚觉得，天和地应，云驻风歇。

"老先生好肺活量！"邻艇一位后生真诚地点赞。

"见笑，见笑，"我转身拱手答谢，"不过是把平常积攒的浊气、闷气、秽气统统吐掉罢了，换一腔湖上的新鲜空气。"

这一吐纳，又得浮生半日闲，得大释放、大空明。

第三日，值农历癸卯年中秋，晨起，景区人流暴涨，我一反常态，专拣人多的地方凑热闹。行至美食厅，也进去尝几式，似乎觉饱，也似乎仍饿，皆因过了这村，就没这店；行至茶社，也入内饮一盅，不为解渴，只为品味；行至书画轩，也一步三停兴致盎然地浏览，感慨高手在民间；行至太空乐园，我有点犯怵，这是儿童世界，老人似乎不宜。正犹豫进还是退，一队红领巾打园内涌出，告别天地玄黄、宇宙洪荒，告别日月双丸、星辰大海。乌睛，闪闪亮；脸蛋，扑扑红；胸脯，微微挺。一场事关太阳系、事关银河系的航天梦，在心头暖洋洋地孵化开。这种场合，若用一句广告词，就是："地球人进去，太空人出来。"

忽地联想到文学，一切优秀的作品，都要有助于读者的精神与梦想飞扬。

次日晚间，中学校友王君请我野餐，地点设在湖畔花汀。彼时，红日西沉，余晖在野，高树夕照宛若灿灿的烛焰，雀鸟返窝，流萤初飞，灯火乍明犹暗，晚风薄凉，暗香浮动。少顷，月上东天，光华似水，倒影入湖，随波幻相。回看，车流，不，人流（车辆进不了景区），似钱塘涨潮滚滚滔滔鼎鼎沸沸而来，会聚身后的绿地广场：那里即将揭幕音乐晚会。

王君是诗人，诗人置身良辰美景，犹如李白面对玉液琼浆，说出的话，也凝练、精粹，诗性十足。他说：

"日，是后羿射日的孑遗。月，是嫦娥奔月的寒宫。你要是问我：谁能坐实这一点呢？哈哈，自然是传闻，是神话。唯有这个岛，千真万确，是东海扬尘的结晶。其质，为沙，为泥。泥胁生草，草高成木。有凤来仪，百鸟和鸣。岛外是水，是那种海奔洋立、鱼咏龙吟、漭呼瀁吸的前世记忆。这就是日月岛的原始家当。其他的，您也看到了，都是踵事增华，是规划，是新建。怎么样，看气色，您这几天休息得不错，接下来，该回归您的创作了。"

岛是自然生成，取名日月，上通天心，下接地脉，辟为园林，装点山川，美化生活。我说："我是作家，我想的更多的是，地球本身就是太空的一座孤岛，一轮日，一丸月，一座岛，囊括了红尘的基本要素。人生在世，唯钟'卿云烂兮，糺缦缦兮'的自转及公转，唯爱'日月光华，旦复旦兮'地过日子。说到创作嘛，问岛知陆，问月知日，举一隅而三反，触类而旁通，这几天转悠下来，直觉灵感女神已来到门外，我听到了她的娇憨喘息，仿佛她跑得太快，有点儿迫不及待——脑海又浮出那则禅林掌故，我非佛教徒，在我看来，佛就是醍醐灌顶后的觉悟。此时此地，在我心里，佛即是日月岛，即是岛上的一草一花，一景一色。"王君心有灵犀,粲然一笑。于是乎碰杯,为日月岛的赐福,为创作瓶颈的突破。王君是酒,我是茶,一杯又一杯,一杯又一杯,恍兮惚兮,不知今夕何夕,俯兮仰兮,不知此月何月。

烟花三月下溱潼

乾隆之前的地方志上没有溱潼，有的只是秦潼。秦，应该是姓，潼，义同"冲"，犹如附近姜姓人家筑了一道拦水堰，那地就被称作"姜堰"，秦潼秦潼，追根溯源，大概是与湍急的水流曾打秦姓人家的门外喧豗而过有关。但是那天我在街上转了一圈，没有打听出哪家姓秦，我又禁不住为自己的判断犯疑。如果我是老学究，还会埋怨这潼本该咆哮在陕西，陕西才是秦，临潼正是秦兵马俑的大本营，潼关正是出入秦地的要冲。然而，这里属苏中平原，北偎淮河，南依长江，不是以虎狼为标榜的秦人胯下的制高点，而是斯文如施耐庵、郑板桥、柳敬亭之辈悠游生息的水乡。秦潼之美，或曰媚，正在于水。时人动辄跑去周庄，津津乐道于她的桨声，她的拱桥，她的古宅，她的深巷。你呀你是没有见过秦潼，遥想当年，万涓成河，百川成网，宋元的绿槐依然泻翠，明清的庭院依然笼烟，实实在在的，她是比周庄还要周庄。

那年乾隆皇帝在京城待腻了，待烦了，带了一帮臣子巡游江南，渡江之前，他先是到了扬州，玩得高兴，玩得痛快，又提出要看看扬州境内的泰州。泰州风景之最，理所当然的要数秦潼，大臣们于是前呼后拥着，把皇上引来这片水乡泽国。且说那一天，乾隆皇帝登上秦潼的水云楼，骋目四望，但见这边厢小桥流水，人烟辐辏，车马骈阗，那边厢水地霞天，锦鳞游泳，鸥鸟翔集，心胸禁不住为之一爽，他向随行的官员问道:"想不到这里还藏着一处世外桃源,她叫什么名字?"地方官赶紧把"秦潼"二字写于手本,趋前跪呈。乾隆接过手本,目光一扫,朗声念道:"秦潼,"然后略作思索,说,"此处四面环水,地名也应该字字含水,现在只有'潼'字带水,而'秦'字无水,这怎么行?朕给'秦'字也加上三点水,拿笔来!"话音刚落,早有随从将文房四宝捧上。乾隆拈笔濡墨,在宣纸上写下两个水汽淋漓的大字:"溱潼"——由于是皇上钦赐,一锤定音,作为地名,秦潼从此销声匿迹,而溱潼自是风行天下。

乾隆之后的地方志上也没有溱潼,此话怎讲?因为"秦"字加上三点水,读"真",这字今天比较生僻,倘非河南人,自小生活在溱水旁边的,多半不认识。但在古代,包括乾隆年间,却是个大俗字。以那时文化人必读的《诗经》为例,《郑风》二十一首,就有一首标题为《溱洧》,《小雅·无羊》的结句,也是说"室家溱溱"。乾隆在这儿犯了读字读半边的错误,居然把"溱"(真)字读作"秦"。他这一错不打紧,要命的是皇上金口玉言,说黑不白,说黄不红,皇上既然说是溱(秦)潼,那么就只能叫作溱(秦)潼。管你什么溱(真)水不溱(真)水,到了咱"溱潼"地面,它就再也当不了溱(真)!

猴年暮春三月,也是烟花三月,我偕林非、王充闾、刘宝柱三位先生同访溱潼。当天上午,主人安排游溱湖。湖面的风物,恕我就不作描绘了。读者这些年走南闯北,谁的心海没叠印十湾八湖,总之是偌大的一片水域,镶之以花草亭台,衬之以小艇轻舟。我们自谓年纪老大,不敢乘快艇兜风,挑的是一艘画舫,马达一响,宛似一辆水上公共汽车。导游是一位本地少女,腰细而面黑,有点类似棕色皮肤,她说都是湖风染的,才从中专毕业,来这湖上不到仨月,就已变得"远看一朵花,近看老姐姐"了。此处"老姐姐"的"姐",她用的是方言,读如"假"。她说的不错,湖上有十来艘往来表演的篙船,篙手无论男女,无论长幼,都一律面似舞台上的包公,只少眉心那一弯月牙。画舫使人和湖面亲近,又和湖面疏远,坐在舱里,浪舔不到,风吹不到,日头也晒不到,但你却可从从容容、仔仔细细地为云看相,为水把脉。

溱湖要我把脉,首先是水质不错,望上去清冽可人,谁要是没带矿泉水,直接可以用手捧了喝。但,也还不是最好。何谓最好?在工业化、现代化浪潮的裹挟冲刷下,也许那渌渊镜净、一尘不染的好光景永难再现,只能留梦于《诗经》中的涟漪,《楚辞》中的浪花。溱湖,你懂得我的悲凉么?你谅解我的煞风景么?其次,便数这眼前的篙船,这是会船节的余兴。岳阳有龙舟节,溱潼有会船节,这都是国家级的民俗活动。龙舟节纪念屈原沉江,屈原的死,尤其是他的歌哭,他的《离骚》,在人心引起骚动,人心就要起波澜,就要借不朽以实证不朽,讴歌不朽。会船节也有纪念,而且有多种版本,往往版本越多,越证明它的魅力四射,因魅力才众说纷纭,才引得好事者争相穿凿附会。关于会船节,导游介绍了数种不同的来历,我因为东想西想,心不在焉,仅仅听进去了一个:在忘记了具体年月的古代,在清明节的第二天,秦潼百姓相约划着自家的小船,为四港八汊无主的孤坟添土洒饭,烧化纸钱。这个创意好,它显出了秦潼人的贤良和公德,难怪它能一传十、十传百地推而广之,难怪它能流传到今天,又光大发扬为全社会的牵挂和投入。

光有一地一国还不够,我憧憬会船节的展示与竞争,能和希腊人的马拉松一样,走进奥林匹克,欢乐五洲四海。

午后游溱潼古镇,我是来过一趟,在一月前的那场淅沥冷雨中。出游如同赴宴,在我,一向不关心厨师端上的是什么,而在乎今天与谁同桌,精神的因素显然大于物质,此番因系陪三位先生同游,心情愈加雀跃,又亦步亦趋地沿着前番的路线走了一遭:麻石老街、院士旧居、民俗风情馆,以及古茶古井、古槐古寺。叫我吃惊的,是我前番的"茌临"，已经被摄成图像，加以装潢，悬挂于一处景点。惭愧，经如此一炮制，我也就成了"到此一游"的名士。溱潼她沉默得太久了。溱潼她开放得太迟了。她就像锁闭在水网中的孤岛，在这大喧哗大造势的年代，终于也耐不住寂寞，渴望外界的足音。这不是错，社会毕竟是一个整体，你要与时俱进，就得敞开胸襟，迎接八面来风。瞧，我前番仅仅匆匆一过，就心照神交，转身便给她请来了三位大师，两位擅长诗文，一位专攻书法，对于前者，我无意拿他俩与写出《桨声灯影里的秦淮河》的朱自清、俞平伯相比，对于后者，我也不当他是写出"一声肠断溱湖水，何事将归不问家"的高二适，何必那般俗气，那般功利，相识相知全凭灵犀一点，诸事不妨随缘。

身边备有相机，傻瓜型，一路张罗给三位先生立此存照。因为是大家，并不是任何场合都可让你摆弄的，整个过程，我只成功了两次。一次是在"花影清潭"，说白了就是有一个小院，院内有一株茶树，寿长逾千年，花开逾万朵，茶树旁又有一口古井，井壁青苔斑驳，井底水莹如镜，三位不仅在茶树前欣然留影，还分别弯腰探头，和幽幽的井水照了一个多情的面。你来照井，井也必定照你，你看到的是水中天，井留下的是身外身。另一次是在"绿院垂槐"：院是寺院，槐是官槐，院内曾创办过书院、义学，而后又设立小学，是古镇教育事业的滥觞，官槐不仅沐过宋朝的风，元代的雨，还系着天仙配的传说，据说当年七仙女下凡配董永为妻，就是它老人家做的媒。也许你还记得黄梅戏，树洞里飞出婉转缠绵的戏文："树上的鸟儿成双对，绿水青山带笑颜。""你我好比鸳鸯鸟，比翼双飞在人间。"三位先生往槐树前一站，嘴里俱念念有词，是许愿吧，我不知他们默许的是什么，按动快门的刹那，眼睛一眨，仿佛镜头锁定的是三株大树，不，四株。绝非矫情，生活的原色，生命的底色，本该是这般浑然一碧，浓翠盈目。

次日上午，细雨方霏霏，我们参观了高二适纪念馆。高氏是那种生前看着不高，而死后愈仰愈高的学者、诗人兼书法家。他是溱潼的邻居，又是溱潼的女婿，关系自然非同寻常。高氏"独学自成"，没有背景，没有台阶，一介寒儒，好钻研而"不求人知"，然而，骤然而起的一桩"兰亭公案"，却不由分说地把他推到前台，置于众目睽睽之下。话说1965年，值兰亭盛会召开之际，郭老沫若抛出《由王谢墓志的出土论到兰亭序的真伪》一文，指出享誉千古的"兰亭序"乃是赝品，为后世所依托。鉴于郭老的社会地位和学术威望，黄钟一启，万籁噤声。当是之时，唯独高二适挺身而出，撰写《兰亭序真伪驳议》，与郭老据理力争。高二适的精湛见解，尤其是他的"一士谔谔"、不畏权贵的风骨，倾倒士林，"公案兰亭岂驳迟？高文一出万人知。"（苏渊雷诗）

纪念馆建在两水相交的半岛。雨中，城乡的背影若有若无。主人公的塑像在迎客而笑，绿树环拥，回廊的碑刻龙飞凤舞，展厅，半是书法，半是丹青。以为这就是全部了，谁知出得旧馆，又见新馆，博敞而宏丽，沿阶梯步上三楼的平台，脚下踩踏的是坚实，胸中翻滚的是浩叹。不要说唐代的边塞诗人高适——那位二适先生的本家兼同行——生前死后，从未拥有如许气派，就是当代的诸多硕儒宏彦，包括得了什么国内国外大奖的，也鲜能享受此等殊荣。这一切自然要归功于溱潼人的景仰，真想在楼头迎风长啸啊，高二适有幸结缘于溱潼，百载之下，果然"适吾所适"。

管窥李政道

如果只举一个细节？

——理发。

先请喜剧大师卓别林出场。一次，他来到一个偏远的小镇，想要理发。当地只有两位理发师，各自开了一家理发铺。第一家，房小，椅旧，地上撒满头发渣，理发师的发型尤其难以恭维，看上去像个麻雀窝，邋里邋遢。第二家，房大，椅新，地面非常洁净，理发师的发型更是端庄整齐、一丝不乱。你猜，卓别林会在哪一家理发？第二家。不，错了，他选择第一家。为什么？卓别林认为，小镇只有两个理发师，他们的头发一定是相互帮着理，第二个理发师的漂亮发型，反映的是第一个理发师的高超水平。

卓别林根据的是常识，他的判断被证明是正确的。假如他碰到李政道——我是说，假如第二个理发师的习性像李政道，他就要傻眼了。此话怎讲？李政道有一个特殊的习惯，理发不用他人代劳，总是自己一手包办。当真？当真。从来如此？从来如此。难以想像，是吧？李政道说："其实很简单，只要有两只手、一把剪刀，就可以完成。困难在于脑后的部分，要用一手的食指和中指夹住头发——这相当于梳子和尺子，再用一手握住剪刀操作。"熟能生巧。在早先，我指的是他小时候，多半出于贫穷，而后，而后的而后，及至现在，习惯就成了自然。堂堂诺贝尔奖得主，终生坚持自己给自己理发，我相信，在这世界上是独一份。

如果只举一首诗？

——"数学诗"。

2004年，美籍华人数学家黄伯飞写了一首诗：

> 三角最难搞，
> 开方不可少。
> 人生有几何，
> 性命无代数。

对于第二句"开方不可少"，有人解释，这是喻金钱，即"孔方兄"。李政道则认为，就是指数学的开方，他玩味再三，也作了一首诗与之唱和：

> 吃饭不记米粒数，
> 生存毋需思天理。
> 人生欢乐有几何，
> 性命真义无代数。

比起黄伯飞，李政道的"数学诗"更加显豁易懂，"吃饭不记米粒数，生存毋需思天理"，多么朴实无华，言简意赅。

如果只举一位恩师？

——吴大猷。

相信这是很多人的答案。1945年春天，日寇困兽犹斗，铤而走险，贵阳告急，内迁到那儿的浙大濒于瘫痪，该校物理系一年级学生、19岁的李政道转而投奔昆明西南联大，经吴大猷帮忙，插班读物理系二年级。一年后，又是经吴大猷的破格举荐，李政道被保送到美国深造。

而我的答案却是——束星北。

李政道进浙大，本来选择的是电机系，是束星北发现了他的数理天赋，建议他改读物理系。因是之故，1972年李政道赴美后首次重返故国，写信给束星北，说："先生当年……的教导，历历在念，而我的物理基础都是在浙大一年所建，此后的成就，归源都是受先生之益。"

如果只举一篇文章？

——2005年在"爱因斯坦年"纪念大会上的讲演。

李政道说："我们的地球在太阳系是一个不大的行星，我们的太阳在整个银河星云系4000亿颗恒星中也好像是不怎么出奇的星，我们整个银河星云系在整个宇宙中也是非常渺小的。可是，因为爱因斯坦在我们小小的地球上生活过，我们这颗蓝色的地球就比宇宙的其他部分有特色、有智慧、有人的道德。"

纪念爱因斯坦的文章何止千万，我认为，这一篇最令人感到慰藉，感到温暖。

如果只举一件礼品？

——手稿。

1956年夏，李政道在美国布鲁克海文实验室做访问学者，那时，他正埋头研究宇称不守恒的问题，为此而作了大量的演算。演算的过程，也就是草稿，统统扔进了废纸篓。实验室有位有心人，他将李政道扔弃的草稿一一捡起来，保管好。1957年，李政道获得了诺贝尔物理学奖，此君就将他保存的李政道手稿赠给了美国物理学会，其中有一张，后来被《今日物理》杂志采用为封面。

2006年6月，李政道把《今日物理》封面采用的那份手稿的复印件，以及他近期有关中微子研究的手稿复印件，镶在了镜框里，郑重送给温家宝总理。事后，温家宝总理对别人说，这两份手稿，"代表着一位物理学家一生奋斗不息的精神。不管是从事理论物理，还是从事实验物理，没有这种甘于寂寞、无私奉献的精神成不了才"。

如果只举一句名言？

——"一个人想做点事业，非得走自己的路。要开创新路子，最关键的是你会不会自己提出问题，能正确地提出问题就是迈开了创新的第一步。"

那么，面对李政道，你能提出的第一个问题是什么呢？